此生

与己身最美的相遇

蒋勋 著

ZHEJIANG UNIVERSITY PRESS

浙江大学出版社

图书在版编目（CIP）数据

此生：与己身最美的相遇 / 蒋勋著. — 杭州 ：浙
江大学出版社，2018.5
ISBN 978-7-308-17214-1

Ⅰ．①此… Ⅱ．①蒋… Ⅲ．①随笔—作品集—中国—
当代 Ⅳ．①I267.1

中国版本图书馆CIP数据核字(2017)第186179号

本著作物简体版由有鹿文化事业有限公司授权中国大陆地区(不包括中国台湾、中
国香港及其它海外地区)出版，由台湾华品文创出版有限公司版权代理统筹。本书
照片由拍摄者授权。
浙江省版权局著作权合同登记图字：11-2018-269号

此生：与己身最美的相遇

蒋勋 著

责任编辑　徐　婵　张　婷
责任校对　杨利军　於国娟
封面设计　水玉银文化
出版发行　浙江大学出版社
　　　　　（杭州市天目山路148号　　邮政编码　310007）
　　　　　（网址：http://www.zjupress.com）
排　　版　杭州林智广告有限公司
印　　刷　杭州钱江彩色印务有限公司
开　　本　880mm×1230mm　1/32
印　　张　8.25
字　　数　155千
版 印 次　2018年5月第1版　2018年5月第1次印刷
书　　号　ISBN 978-7-308-17214-1
定　　价　49.00元

肉身觉醒

在加护病房几天，看到许多肉身送进来，又送出去。肉身来来去去，有时时间很短。

肉身旁边守候着亲人，焦虑、哭泣、惊慌。

肉身送出去的时候，盖上被单，床被推走，会听到床边亲人无法抑止地大声号啕的声音。

隔着围屏，或隔着墙，隔着长长的走廊，哀号的声音传来，还是非常清晰。

肉身的来来去去很快，有时候，一天会听到好几次哭嚎的声音。

如果在深夜，那声音听起来特别凄怆荒凉，在空洞的长廊里，留着久久散不去的萦绕纠缠的回声。

我低声诵经，在无眠的暗夜，好像试图借着朗读经文的声音，与那久久不肯散去的回声对话。

"身坏命终，又复受身——"

《阿含经》说到肉身败坏、生命终了的时刻，却又恐惧悲悯着还会有另外一个肉身在等待着。

"身坏命终"的时刻，我会希望还有另外一个新的肉身来接续这败坏得已经不堪使用的肉身吗？

好像古代的埃及人，非常固执地坚持要保存"肉身"。他们用各种严密的方法，把肉身制作成木乃伊，存放在牢固的巨石棺椁中，封存在巨大的金字塔里。

我曾走进建造于3400年前的吉萨金字塔，木乃伊被移走了，冰冷、狭长、幽暗的陵墓甬道里，只有自己孤独单调的脚步的回声，走过数千年的甬道，好像回答着仍然是肉身何去何从的困扰迷惑。

埃及人相信死亡是"灵魂"（Ka）离去了，所以要好好守护肉身。

肉身不朽，肉身不腐烂，肉身不消失，等待"灵魂"回来，就可以重新复活。

木乃伊的制作非常严密，取出

容易腐烂的内脏如心、肺、肝、肠、胃，分别用不同的罐子封存。空空的肉身，用盐擦拭，去除水分，塞进香料防腐药草，缝制起来，再用亚麻布一层一层包裹。

最后戴上黄金面具，佩戴胸饰珠宝。像图坦卡门的木乃伊，套着一具又一具棺椁，棺和椁的形状，都是图坦卡门的像，俨然还是原来肉身的模样。

不朽，就是肉身存在。古代埃及人坚持肉身必须完整存在，才有生命。

木乃伊如果制作失败，肉身还是会腐朽，埃及人就雕刻了巨大坚硬的雕像。石像笨重不好用，但还是可以勉强代替肉身。

埃及的雕像因此严肃、端正、沉重，肉身直直地凝视着死亡，不敢有一点闪失轻率。

肉身功课

我在印度恒河岸边看到的处理肉身的方式却与古代埃及完全不同。

古印度的肉身充满动态，打破埃及的中轴线规则，肉身丰腴，饱胀着性的原始欲望。

肉身像热带的果实，流溢着甜蜜熟烂的汁液，好像知道生命短暂虚幻，要在消逝以前尽情让肉身享乐。

古代翻译成鹿野苑的城，在瓦拉纳希（Varanasi）附近，是佛陀悟道以后第一次为大众说法的地方。

我对佛国净土有不实际的幻想，第一次到了现场，才发现沿河原来都是火葬场。

悟道的开示，毕竟是要从这么具体的肉身存在与幻灭开始说起的吧。

河边一座一座篝木架成的床，有些简陋草率，有些繁复讲究，上面都躺着一具等待处理的肉身。

肉身四周堆放鲜花。亲人朋友环绕，诵念祝祷，僧侣作法，燃起篝火。火光熊熊，浓烟一卷一卷升腾，肉身焦苦煎熬，仿佛在火光中嘶叫，空气中都是肉身的腐烂浊臭混合着鲜花甜熟糜烂的气味。

"身坏命终，又复受身——"

《阿含经》的句子变成了具象的画面。肉身败坏，烧焦、断裂，头、手、足、躯干，随灰烬一起被推入大河。大河浩浩荡荡，漂流许许多多的"身坏命终"的肉身。

同时，黎明日光初起，有妇人怀抱新生的婴儿，走进大河沐浴。亲友环绕，诵念祝福。

同一条河流的水，安息肉身的结束，也淋洒在婴儿头上，迎接肉身的开始。

在这河边说法，"身坏命终"，就有了现成的教材吧。

原来，"肉身"是要做"肉身"的功课的。

从原始佛教来看，"身坏命终"之后，期盼修行到"不复受身"。

不再有肉身，不再接受新的肉身，不再重回人间，所以用"解脱"来说死亡。

"解脱"是说——像解开纽扣、脱去衣服一样，不再受肉身牵累。

如果，还有"肉身"，是因为"无明所系，爱缘不断"。

还有"爱"，还有"缘分"，牵连不断，这个肉身就还会再回来，寻找新的肉身，再一次承受肉身的生老病死之苦。

我听到病房走廊的声音来来去去，是那些"爱缘不断"的肉身在踟蹰徘徊不去吗？朋友嘲笑我，修行到"不复受身"，谈何容易。

一点点牵挂，一点点放不下的爱恋，一点点舍不掉的贪痴，一点点缘分舍不掉，就又要回来了。

我总觉得长廊尽头，有许多赖在门口不走的肉身，因为还有什么东西没有带，还有什么事情没有办好，或者，因为亲人的哭声哀号，爱、恨，都舍不得，使那已经走到门口的肉身又要回头了。

"身坏命终，又复受身——"

我怆然一笑，知道自己也是不容易利落走掉的肉身之一。

曾经跟父亲的肉身告别，觉得是艰难的功课。几年后，跟母亲的肉身告别，更是艰难的功课。

然而，我知道，还有更艰难的功课要做，有一天，必然要和自己的肉身告别吧。

跟自己的肉身告别，会是一个什么样的场景？

肉身缺席

我曾经讶异中国美术漫长历史里"肉身"的缺席。

走进西方的卢浮宫、大英博物馆，无论埃及、美索不达米亚，还是希腊、罗马、印度，都是以"肉身"作为美术的主体。

西洋和世界美术，多是一个一个"肉身"的故事，维纳斯从海洋中升起的美丽的肉身，基督钉死在十字架上受苦的肉身，悉达多坐在树下冥想的肉身，爱染明王贪嗔痴爱的肉身——

那么多"肉身"的故事，使人赞叹歌哭，惊心动魄。

然而，走进故宫，几乎看不到肉身的存在。

肉身变得非常渺小，小小一点，隐藏在巨大的山水之中，山巅水湄，一个渺小的黑点，略略暗示着宇宙间还有肉身存在。

然而，肉身太小了，小到看不出姿态表情，不知道这肉身是哭还是笑，是欢乐还是忧伤。

如果拍摄电影，把镜头拉远，人变得很小，就看不见肉身的喜怒哀乐了。

东方的长镜头美学，仍然在山水里说着肉身在宇宙间寻找定位的宁静哲学。

西方的镜头，却常常是逼近的特写，逼近到可以清楚看到脸上每一丝皱纹，看到暴怒时眼角的红丝，看到肉身战栗、怖惧、痉挛，看到肉身贪婪、狂喜、痴呆。

肉身没有回避肉身的功课，肉身煎熬、受苦，或许是肉身觉醒的起点吧。

这个肉身，或许不只是在做这一世的功课。

在长廊甬道的尽头，我总觉得自己的肉身里有古代埃及的基因，恐惧肉身消失的紧张沉重，那是数千年前肉身遗留的记忆吗？

封存在石棺里，等待"灵魂"的归来，等待"魂魄"归来。然而，好几个世纪过去，没有等到 Ka，等到的是盗墓者，他们挖墓掘坟，盗走珠玉金饰，肉身被遗弃，在幽黑的墓穴一角，听着匆促的脚步声渐行渐远。

如果我的肉身生死流转，从古代埃及到了两三千年前的希腊，我会是运动场上带着月桂叶头冠的选手吗？

雅典国家考古博物馆里有许多墓碑，全身赤裸的男子，轻轻把月桂叶冠放在头上，不知道他肉身结束在几岁，然而雅典人坚持在墓碑上镌刻自己在青春完美时刻的肉身。

他们的肉身就在此时此刻，他们不等待，没有时间等待，肉身在青春数年间达到极限的完美，这就是不朽了。

我一直觉得身体里有一个少年伊卡洛斯（Icarus）[1]，背上装了蜡做的翅膀，不知死活，高高飞起，试图接近太阳。

我惊叫着坠落，看到蜡的融化，翅翼散落，伊卡也做完了他悲壮的肉身功课吗？

肉身觉醒

如果我是伊卡，从希腊高高的空中坠落，肉身重重摔在土地上。梦醒了，摔在中国的黄土高原上，忘记了曾经有过的高高飞起的渴望，肉身踏踏实实贴近依靠泥土。

像泥土一样脏，一样卑微，这肉身来自尘土，又归于尘土。

---

1 伊卡洛斯为希腊神话中的人物，其父代达罗斯为最聪慧的艺术家和工匠。传说父子二人被困在关着凶猛怪物的迷宫里，为了逃脱，聪明的代达罗斯用海鸟的羽毛、线和蜡为自己和儿子缝制了两对翅膀。逃脱之后，伊卡洛斯过于欣喜，沉醉在飞翔的自由之中，不知不觉中过于接近太阳。太阳融化了蜡，翅膀上的羽毛纷纷掉落，伊卡鲁斯像叶子一般坠入海中。——编者注

最像泥土的肉身是中国上古遗址里出土的俑。在陕西半坡、甘肃马家窑，许多土俑只是初具人形。五官眉眼都很模糊，甚至只有一个头，肉身只是一个瓶罐。

没有埃及的威严壮大，没有对抗死亡、凝视死亡的庄严专注。一个泥土随意捏出的人形，对自己肉身存在的价值好像毫无自信，无法展现希腊肉身在运动里锻炼出来的骨骼肌肉的完美，也无法像印度，在极致放纵官能享乐里，发散出肉体饱满丰腴的诱惑。

走过埃及、走过希腊、走过印度，在漫漫黄土的大地上，我的肉身茫然迷惑，不知道自己存在究竟有什么意义。

那些来来去去的肉身魂魄，各自用不同的方式说着他们肉身的故事。

然而，我在茫然迷惑里，好像长长的甬道尽头，没有光，没有出口，仿佛一场长长困顿的睡眠，等待觉醒，却总是醒不过来。

看到自己的肉身，吊挂着许多点滴，贴着胶布，各种仪表记录器哔哔的声音响着。

我看到黄土窑洞里钻出一个人，灰扑扑的，初具人形，眉眼模糊，不知喜怒哀乐，跟遗址出土的土俑一模一样。

"这是一个人吗？"

我固执骄傲、自大、贪于爱美、尊严的肉身，却在这么卑微的肉身前面，起了巨大震动。

我知道，肉身的功课，或许没有做完，也没有做好。

许多赖在甬道门口，扒着门框，不肯离去的肉身，一点也不悲壮尊严，一点也不骄傲自信。

这使我深深咀嚼着"好死不如赖活"这么粗鄙的民间谚语。

这么粗鄙，却这么真实。

肉身能够像尸毗王，为了救下一只鸽子，把身上的肉，一片一片切割下来，喂给老鹰吃吗？

肉身可以像萨埵那太子，投身跃下悬崖，粉身碎骨，把这身体喂给饥饿的老虎吃吗？

敦煌壁画里一幕一幕舍去肉身的图像，与甬道里匆匆忙忙、来来去去的许多肉身交错而过。

我在寻找自己的肉身，想要跟自己好几世、好几劫来的肉身，相见相认。

2011 年 9 月 12 日中秋

此生

与自身
最美的相遇

辑一 / 肉身觉醒 ▶

I

肉身觉醒

—— 关于人体美学的思考

长久以来，

人类一直思考

"人"之所以为"人"的理由。

人从什么时候开始

凝视自己的形貌？

又从什么时候开始

思考自己的形貌？

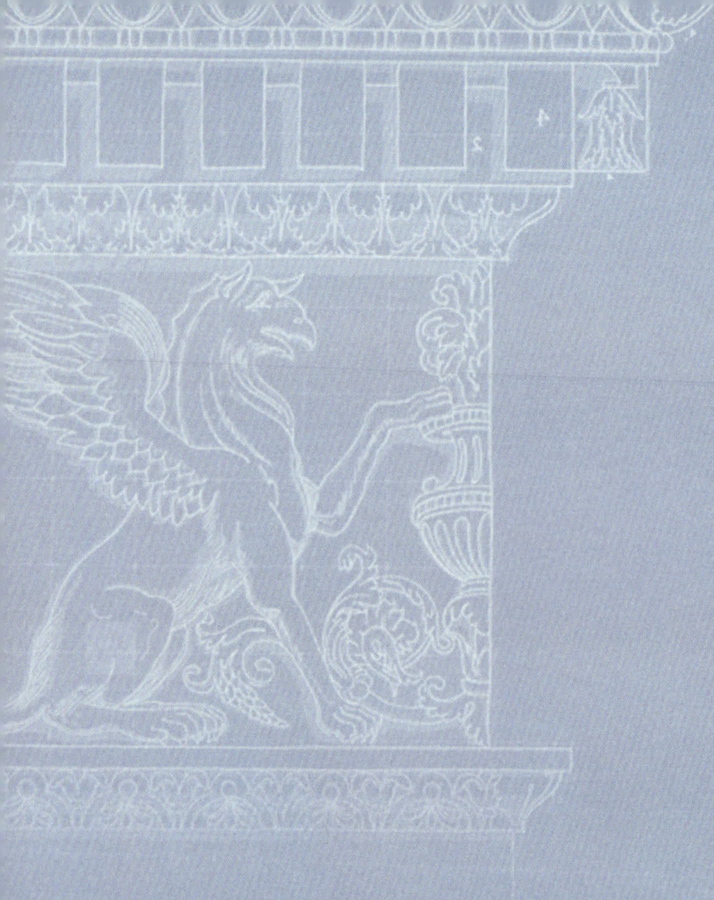

肉身初始

长久以来，人类一直在思考"人"之所以为"人"的理由。

在初始的天地洪荒之中，人，站立了起来，用自己的下肢，开始行走。

他看天上高飞的禽鸟，又看地上奔跑的野兽。而后，他走到水边，看水中游动的鱼、虾、蟹。

水纹晃动，他也在水中看到了自己的倒影。

人从什么时候开始凝视自己的形貌？

人从什么时候开始思考自己的形貌？

不同于天上的禽鸟，地上的走兽；不同于水中的游鱼。

在晃漾的水纹中，这个初始的"肉身"，看起来，既熟悉，又陌生。

这个初始的"肉身"，既是欣喜，也是悲痛，既是骄傲，也充满了恐惧。

人类开始意识到"肉身"的存在，开始凝视"肉身"，开始观察"肉身"的种种现象，开始思考"肉身"的意义与价值。但是，作为一种存在，"肉身"非常具体，并不是思维所能替代。

人的"肉身"中，还有许许多多动物的遗留。

愤怒时会暴露出尖锐的齿牙，恐惧惊慌时瞪大茫然呆滞的眼睛，紧张时口鼻急速的喘息，痛苦时肌肉的绷紧痉挛，喉管的呻吟或呐喊；饥饿时胃肠空乏辘辘的绞动，以及膀胱或肛门排泄尿粪的压力，乃至于性的器官亢奋不可遏止的欲望……

肉身种种，并没有离开动物太远。

也许稍有不同的，只是心中喜悦，牵动了嘴角淡淡的微笑；也许心中辛酸哀伤，眼角流出汩汩的泪水；也许，性欲亢奋过后，有感知相互体温的静静的拥抱安慰。

人之异于禽兽，也并不在"肉身"之外。

早在许多宗教与哲学之前，人类已经在岩石上用手，用刀，用形状在思考"肉身"。

从美术造型历史来考察，人类有漫长思考"肉身"的经验。

为什么要在坚硬的石块上雕刻出"肉身"的形状？

在欧洲中部发现的女体"威廉朵夫的维纳斯"肉身，已经有上万年的历史。

一个五官模糊不清的小小头部，一对非常巨大饱满的乳房，

威廉朵夫的维纳斯／"肉身"最早的"觉醒"，展现了对生命繁衍意义的认同。

一个浑圆宽广的肚腹与臀股。

这个女体肉身，明显地说明着"肉身"在"生殖"上的意义。

"肉身"的第一个意义是"生殖"，是繁衍更多的肉身。

女性的乳房与肚腹成为肉身价值的首要标志。

"肉身"最早的"觉醒"，只是对生命繁衍意义的认同吧。

从女性肉身生殖的形象崇拜，转换到男性肉身的生殖崇拜，大约开启了美术史上人体雕塑或绘画的最早范例。

生殖，或许很确定是人类认识到肉身存在意义的第一项价值。

但是，生殖的肉身意义是和"死亡"牵连在一起的。

死亡是肉身的毁灭、败坏、中止，生殖是肉身的繁衍、扩大、延续。

许多古老民族动人的神话、宗教、哲学都从凝视死亡开始。

凝视死亡是肉身觉醒的反向思考。

肉身诸神

人类对"肉身"的思考，在肉身死亡的现象前遇到了巨大的难题。

或许，直到目前为止，人类并没有真正认识"死亡"。

我们一般谈论的"死亡"，也只是"死亡"之前的种种现象而已。

真正经历"死亡"的人，并没有留下任何对"死亡"的描述。

因此，长久以来，人类也只是在"揣测""虚拟"死亡而已。

古老的埃及人是专注于凝视死亡的民族。

尼罗河自南向北入海，古埃及在河流东西两岸建立了王国。活的人都住在东岸，死亡的仪式便是把"肉身"从东岸运到西岸去埋葬。

东岸是日出的方向，西岸是日落的方向。

肉身如同大地上的日出日落，从黎明初始，如日中天，到夕阳余晖，入于暗夜。死亡便如同黑夜，是光的消失。

古老的埃及相信"死亡"是"灵魂"（Ka）从"肉身"出走。因此必须好好保存"肉身"，等待 Ka 的回来，也即如同在暗夜中等待黎明，等待"肉身"的复活。

古代埃及人处理"肉身"的方式为制作木乃伊，过程繁复细致，使"肉身"可以"不朽"（不腐烂消失），可以静静等待 Ka 的归来。

17、18 世纪之后，西欧的考古学者陆续打开古代埃及的金字塔，取出一具一具的木乃伊。

这些静止的"肉身"，沉睡了三四千年，并没有等到 Ka 的归来；"肉身"并未觉醒，"肉身"只是静止在死亡之中。

木乃伊是否"不朽"了？

古埃及的文明以"肉身"的"不朽"对抗死亡。

木乃伊失败的例子仍然很多，"死亡"也仍然威胁着活着的生命。于是，埃及人选择了坚硬的花岗岩，把"肉身"雕刻在石块中，

"肉身"凭借着石块的坚硬牢固长久存在，"肉身"有了留在人世间的代替品。

古埃及的雕刻围绕着"人"的主题，围绕着"死亡"的主题。

仿佛"肉身"蝉蜕而去，遗留下一具一具"肉身"的形骸。

埃及人对这些形骸眷恋甚深。巨大、雄伟，严肃而端正，埃及的雕像有"肉身"凝视死亡的永恒意义。这些雕像站立着，两手紧贴身侧。双手半握拳，掌中常握着通向死亡的符咒经卷。左脚在前，右脚在后，隐喻着向"死亡"的通行。

美术史上常常提到古埃及人像"中轴线"与"两边对称"的几何性原理。

"中轴""对称"的几何形式，在置放这些雕像的陵墓建筑——金字塔中，表现得更为明显。几何的角锥形式，仿佛是古埃及文明浓缩成的"死亡"符号，永恒静止，在漫漫的时间风沙中，竖立着悲怆而又绝对庄严的存在。

在埃及，有关"肉身"觉醒的故事是非常悲剧的。

大神奥西力斯与妹妹伊西丝结为夫妇，生下一子名伏尔斯，开始了人类的繁衍。

恶神塞特，因为嫉恨奥西力斯，将其杀死，遗尸尼罗河畔。

伊西丝抚尸痛哭，眼泪流成尼罗河每一年的泛滥，带来了肥沃的泥土，繁荣了农业。伊西丝被奉为河神、农神，也是大地之母。

塞特则仍然充满报复之心，趁伊西丝前去寻找伏尔斯时，将奥西力斯的尸体毁坏，撕成碎片，散弃于尼罗河中。

"肉身"散失，不再完整存在，伊西丝伤痛欲绝，开始沿河寻找，一片、一块，将"肉身"找回，以针线缝补连接，誓愿从尸体的碎片中，重新复原奥西力斯的"肉身"。

伊西丝对"肉身"的坚持，感动了天上诸神，替她完成誓愿。诸神以亚麻布包裹尸体碎片，扇起生命之风，奥西力斯复活了。头上带着死亡的印记，成为冥世之王。

这个神话里充分保存了古埃及文明对"肉身"的执着。

"肉身"觉醒，在于"肉身"的存在。执着"肉身"，坚持"肉身"的不朽，使古埃及的人像艺术发展出辉煌的成绩。

埃及艺术中的"肉身"之美，如同复活后的奥西力斯，带着"死亡"的印记。

是通过对"死亡"的凝视，产生了对"肉身"的执着、不舍。

将"肉身"冰封于静止的时间之中，等待复活的召唤。

肉身诸神

希腊的人体艺术自公元前 800 年以后逐渐崛起。

早期的希腊人体艺术还明显受到古埃及的影响，两手夹紧在身体两侧，身体平板，左脚在前，右脚在后。

但是，仔细观察这些人体，发现在埃及几何式的块面中出现了较多的细节。

膝盖的关节不再僵直，胸部的肌肉微微起伏，有着仿佛呼吸的律动；手臂的肌肉有了解剖学上更精准的描写。整个人体，虽然还无法动作，但已富有真实"肉身"运动的渴望，充满了弹性。

仿佛在漫长的静止之后，冰冻的"肉身"开始溶解软化。

从僵直到柔和，从冰冷到温暖，从呆板到富于表情，脸颊、嘴角泛起了淡淡的微笑。

从克里特岛到爱琴海诸岛，向北延伸到希腊半岛，以及亚洲西陲，广大的古希腊文明领域，是以海洋作为中心。这与以尼罗河为命脉发展出来的古埃及文化全然不同。

沿着尼罗河，从上游到下游，形成了不可分割的帝国。大河两岸，土地的分配、灌溉，水源的取用，都形成统一的管理和纪律。

以法老王为最高领导，层层负责，不相紊乱。个人的"肉身"也只是整个群体中的一环，如同金字塔中的每一块砖石，无法独立存在，独立的"肉身"也没有任何个体的意义。

在爱琴海周遭的岛屿，以及半岛上遍布在丘陵山峦间的"城邦"，是希腊文明的基础。这些"城邦"（科林斯、斯巴达、雅典、迈锡尼等）各自独立，并不像尼罗河串连起来不可分割的帝国，它们是徜徉在海洋中一朵一朵独立的浪花，各自发展出不同的城邦特质。

埃及在努力追求一统性的最高准则，如同金字塔，也如同人

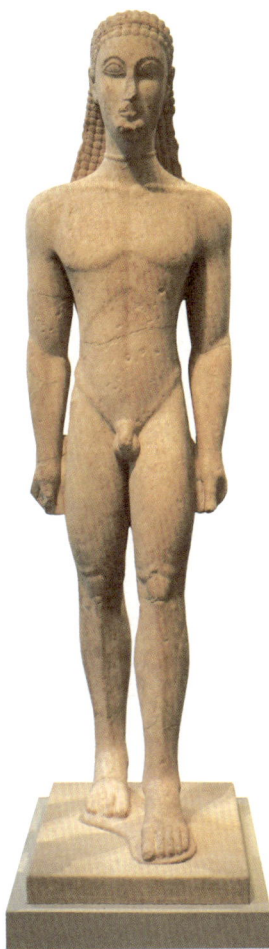

早期希腊人体雕像 / 虽然还带有明显的埃及烙印，但已富有真实"肉身"运动的渴望。

体雕像中呈现的几何性倾向，端正，绝对，严肃，永恒静止，不可动摇。

古希腊的城邦在冲突对立中懂得了和谐，开始追求不同和变化中的秩序。

以建筑来说，希腊建立了以柱式排列的秩序结构。

面对古希腊的建筑，一根一根的石柱，形成完美秩序……

如同音乐，产生节奏，和面对金字塔巨大块面的威严之感完全不同。

"城邦"的组织很小，属于有"公民权"的城邦市民，去除了女性、奴隶，往往只有数千人。在这单纯的"城邦"组织中，人与人的关系是建立在相对的权利与义务之上的，其实，也正是来自希腊字源的"民主"（démocratie）的本义。

金字塔中隐含着一种"帝国"的庄严。庞大的量体，由下而上，法老王是金字塔的顶尖，崇高如神，下面层层负责，绝不紊乱，如同统领尼罗河上游与下游的帝国，在广袤辽阔的疆域，人口众多，必须有绝对的近于神谕的王权指令。

希腊的"城邦"则追求着列柱式建筑的和谐。"和谐"来自于不同意见的相互牵制与平衡。

希腊的哲学因此重思辨，重逻辑（希腊字源的 logos），许多"对话录"式的文体，发展到了高峰。"对话"如同列柱的秩序，相互建立结构的和谐；"对话"不同于"指令"，"指令"则是

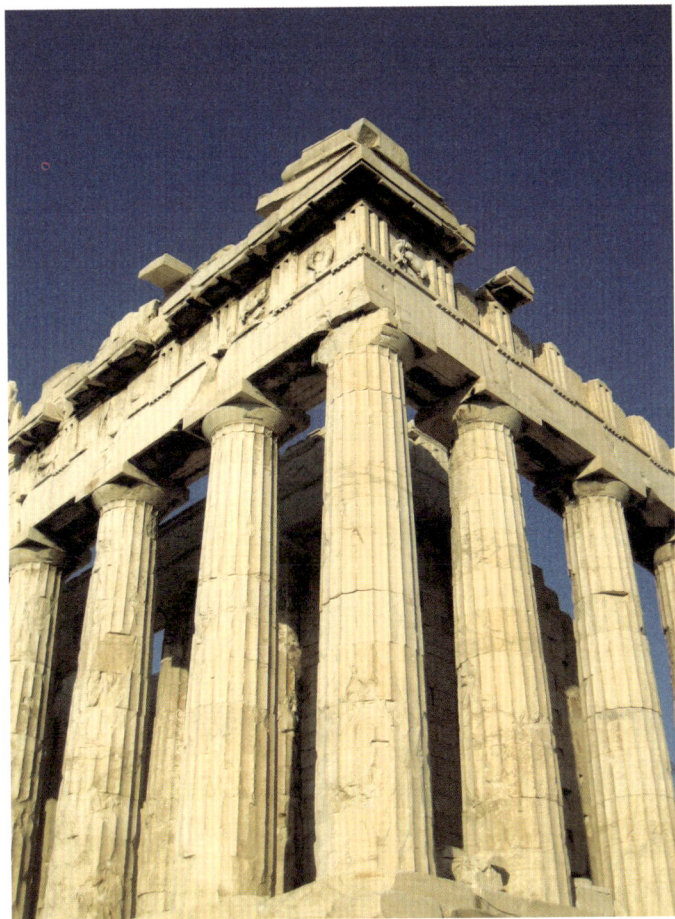

　　"肉身"的变化也反映在建筑上，相比端正、严肃、不可动摇的金字塔，古希腊的建筑以石柱形成完美秩序，如同音乐，产生节奏。

金字塔，是由下而上的绝对服从。

希腊的"肉身"因此有了全新的"觉醒"。

肉身绽放

希腊人体艺术的成就今日已成为全世界的遗产。

全世界的美术学院几乎都以希腊的人体做训练的基础。

为什么是希腊？

当我们拿着炭笔，面对着一尊希腊式的石膏雕像翻模练习素描时，也许心中也会有这样的询问吧。

很少有一种文明，如此凝视"肉身"，如此眷恋"肉身"；"肉身"绽放如花，充满渴望，充满喜悦。

希腊的文明，解脱了埃及人长久的凝视死亡，仿佛在长夜之后，黎明的破晓，仿佛长长的冬日过去，肉身在春天的阳光里逐渐复苏。

"肉身"不再负担"死亡"的沉重，"肉身"有了"肉身"自己的喜悦。

希腊的肉身觉醒，更重要的基础应该是运动。

公元前776年，举行了历史上第一次的奥林匹克运动会。在美术史上，也正是希腊"古拙时代"的人体雕像萌芽之时。

希腊的重视运动与早期的城邦战争有关。作为城邦公民，身体的锻炼，参与跑、跳、掷铁饼、丢标枪……各种竞技，其实也就是战备的训练。

把实体的战争转变为四年一次，城邦与城邦之间的运动竞技，参与者因此全是男性，女性甚至被严厉禁止涉身运动场。男性的肉身之美，也因此成为早期希腊人体艺术的主要重心。

经由运动，希腊人找到了肉身的各种可能。跑、跳高、跳远、驾驭马车、投掷标枪，"肉身"存在的意义在于挑战"肉身"的极限。

"肉身"奔跑时在挑战速度的极限，跳高时在挑战地心引力的极限，投掷标枪时在挑战臂力的极限。不，也许不只是臂力，在标枪掷射而出的一刹那，左手向前平伸，右臂向后，双臂间产生微妙的平衡，腰部保持着旋转的弹性，前伸的左脚，脚尖微微离开地面，和向后提起的右脚脚跟相互配合。

在雅典国家考古博物馆，细细观察一尊公元前 5 世纪前后的男子投掷标枪的青铜人像，有人认为是宙斯大神，有人认为是持戟的海神波塞顿，但这尊希腊古典艺术的杰作，美在于对人体肉身每一个细节的观照。

男子站立于大地之上，两眼平视远方，他赤裸的肉身，华美而且尊贵，荣耀一如天上的诸神。他的肉身，没有任何衣物遮蔽，却比任何有衣物遮蔽的身体更坦荡自信。

希腊人在运动中发现了肉身的尊贵华美。

在运动中得胜的"肉身"，头戴月桂树叶编的冠冕，手持赏饮的酒杯。他并没有太多物质的报酬，他的荣宠尊贵也并不因为

青铜人像 / 描绘了公元前五世纪左右的一名男子正在投掷标枪

是击败了对手。他向欢呼致敬的群众答礼。他谦逊而自信，他的"肉身"之美，在于"肉身"挑战了自己极限的难度。

美术史上常常讨论到希腊人体的"独立性"（individual），拿掉了身体周遭依附的石块，身体站立在自己的双足上。

这是希腊的肉身之美，独立自主的个体，面对并且承担自己的命运。

肉身如花绽放，没有借口，也没有委屈，没有与他人任何的关联。

在奔跑、跳跃、旋转与飞扬之中，肉身纯粹是自己的，升起或坠落，也都是自己的。

希腊人体的美，美在于纯粹只是"肉身"的绽放，与道德无关，与伦理无关；"肉身"第一次有了"肉身"自己的价值。

千百年后，我们凝视希腊人体，仍然激动感愧，仿佛我们的"肉身"从来没有这样"觉醒"过。

神话肉身

关于希腊最早的奥林匹克运动会，一般都定位在公元前776年。运动的会场也已被发掘，位于伯罗奔尼撒半岛北端的奥林匹亚（Olympia）。奥林匹亚当时并不是一个繁荣的城邦，被选为各城邦竞技的中心，纯粹为运动而存在，也摆脱了世俗的政治或

米罗的维纳斯 / 约公元前 100 年，现存于卢浮宫。

商业的理由。

人在竞技运动中的肉身因此与世俗的输赢无关；"肉身"是神的荣耀，"肉身"有神话的漫长血源。

奥林匹亚发掘的古希腊运动会址，不只是运动场和竞技场。在运动场的外围，有宙斯神殿，有希拉（Hera）神殿，有燃烧圣火的祭坛。这些都说明希腊在运动中对"肉身"的崇敬，是与神的祭典联结在一起的。

许多考古学家试图寻找希腊男子全身裸体参与竞技的原因，答案并不一致。但大致可以了解，希腊人和许多其他民族最大的不同，在于他们崇敬"肉身"，似乎衣服、鞋子都是属于"物质"，只有纯粹的"肉身"更接近"神"。

"肉身"的存在是为了荣耀"神"。

埃及人凝视死亡。但是在希腊的墓碑上往往雕刻着死者生前最完美健康而且青春的"肉身"。

埃及的人像，是一尊一尊静止在死亡之中等待复活的肉身。

希腊的人像，展现着"肉身"的存在状态。似乎希腊人并不渴求来世，并不寄希望于幽渺不可测的未来；他们毋宁更相信"热烈活过"的意义。

因为"热烈活过"，即使短暂，"肉身"也就有了不朽和永恒的意义。

在运动中跑、跳、飞扬、坠落、回旋、伸展的"肉身"，如花绽放。

如花绽放之后，即使凋零衰败，也无遗憾。

埃及的墓碑是等待复活的祈求，中国的墓碑常是功业与道德的铭记，印度的舍利塔似乎只是成、住、坏、空的提醒；唯独希腊，一座一座的墓碑，留下令人赞叹眷恋的"肉身"之美。生命的永恒价值即在"肉身"存在时的极限追求，希腊人不在"肉身"之外追求解脱或了悟。

除了奥林匹亚之外，在科林斯（Corinth），在代尔斐（Delphi）都有竞技场被发现，有些是四年举行一次，有些是两年举行一次，有些以祭拜宙斯为主题，有些以祭拜海神波塞顿为主题。

代尔斐是太阳神阿波罗的驻在之所，在希腊半岛北边，众山环抱，远眺海湾，黎明时行走于一座一座神殿的遗址之间，旭日从众山间升起，犹可追想当年各城邦的男子来此竞技，以"肉身"之完美奉献于太阳神的伟壮尊贵之前，这"肉身"，的确是传承了众神的嫡裔。

代尔斐的竞技，因为以阿波罗为主题，阿波罗除了"肉身"完美之外，也是统领文艺之神"缪斯"（Muses）的力量，因此，竞技中包含了戏剧演出、诗歌朗诵、乐器演奏，也容许女性的竞技者参与。

也许应该叙述一下有关阿波罗的一段神话：阿波罗宠爱俊美的少年雅新特斯（Hyacinthus），两人以投掷铁饼比赛游戏。

铁饼（discus）是古希腊竞技中重要的一项，以铁、铅或石片

太阳神阿波罗雕像 / 约公元前 120 年，现存梵蒂冈博物馆。

制作。铁饼的投掷中不只是手臂力量的考验，也同时包含着身体旋转、平衡、弹性的控制，是体能也是智力的双重训练。

太阳神阿波罗将铁饼掷出，铁饼飞入云端，遥不可及。雅新特斯奔跑追赶，意图找到掷出的铁饼，却不幸正巧被落下的铁饼击中，当下暴毙。阿波罗神伤心欲绝，便将雅新特斯的尸身化为风信子花，在每一个春天，处处生长绽放，繁荣馥郁，重新以盛放的花的形式复活。

从这古老的神话中，大致可以了解希腊文明中"肉身"的意义，了解竞技与神的关系，了解生命在竞技中的极限伸展，了解即使尊贵如神，亦无法逃避死亡的绝望与悲剧。

但真实地爱过，"肉身"便如一季一季的盛放之花，华美芬芳，人间也有了永恒的纪念。

希腊的"肉身"其实是知道"死亡"的，也意识到"死亡"的阴影无所不在；但是，希腊的"肉身"总是在"死亡"的威胁下热烈地活着，甚至以饱满完美的"肉身"叛逆了死亡，使死亡自惭形秽。

飞起来的伊卡

埃及的"肉身"静止在凝视死亡的状态；希腊的"肉身"则不断挑战与叛逆死亡，在挑战与叛逆中，希腊的"肉身"有了各种剧烈的动作，有了"肉身"极限的难度，可以坠落，也可以高高飞起。

下面是有关"肉身"飞起的神话：少年伊卡洛斯（Icarus）和父亲代达罗斯（Daedalus）被国王惩罚，囚禁在迷宫中。代达罗斯是名巧匠，擅长手工设计，他利用迷宫的蜡烛，制作了两副精巧的羽翅，一副给自己，一副给伊卡洛斯，欲借此飞出迷宫，逃离囚禁的命运。

在起飞之前，父亲百般叮咛，警告伊卡：翅膀是蜡制的，遇热会融化，因此绝不可高飞，要避开太强烈的阳光。

伊卡对父亲的叮咛完全了解，但是，一旦飞起，他的内心立刻被好奇与狂喜占据。

也许从来没有在这样的高度观看海洋和岛屿吧，他赞叹着天地辽阔，想捕捉身边的流云。

他逐渐远离父亲，听不见父亲焦虑的叫唤。

他感觉着自己的身体被薄薄的翅膀承载起来，他感觉到"肉身"的重量。

他欢欣地迎向灿烂的阳光；他和云朵一样高高飞起；他迷惑于透明的蜡的羽翅静静地扇动，他感觉到那薄而透明的羽翼，仿佛泪水一般，融化成一滴一滴的液体，在阳光中飞散而去；他感觉到"肉身"急剧坠落，一种昏眩，一种速度的极限，一种撞裂，如同浪花与礁岩的冲击，他青春的"肉身"亦如浪花，碎成千万碎片。

伊卡洛斯的"肉身"是希腊"肉身"的典范。

"肉身"的存在仅认证着"肉身"极限的背叛。

一部欧洲美术史，伊卡洛斯不断被当作主题，有时是坠落的哀伤，大部分时候则是高高飞起的少年的狂喜。

希腊的神话中歌咏着"肉身"背叛死亡的各种故事。

如果，埃及人在木乃伊及雕像中渴求着"复活"的完整肉身。那么，希腊人，如同雅新特斯，如同伊卡洛斯，他们的"肉身"都以悲壮之姿，撞碎在死亡面前。

"肉身"的意义在于承担"肉身"的各种极限，包括爱、恨，包括嫉妒与复仇，包括最巨大的痛与狂喜，包括绝望的泪水，也包括欢悦的笑容。

希腊的人像中充满了动作与表情，他们恐惧"静止"，恐惧活着时的停顿与呆滞。

有关"肉身"的神话更具体的可能是普罗米修斯的故事了。

泰坦族大神普罗米修斯，因悲悯人类不知用火，生活在阴暗寒冷之中，便不顾诸神的禁令，将火偷带到人间。

人类有了火，有了光明与热烈的生活，而普罗米修斯则被诸神惩罚。

他的"肉身"被铁链捆绑，锁在山壁巨岩之上，每天有巨鹰前来，以利爪撕裂他的胸膛，啄食他的心、肝等内脏。他在剧痛中呼叫着，看着自己的"肉身"鲜血淋漓，感受五脏六腑被撕裂嚼食的痛。

痛彻骨髓的痛，肉身所能承受的每一分每一寸的撕扯与碎裂。

在巨大的痛楚之后，这惩罚并未终止，"肉身"将在夜晚完全复原痊愈，等待黎明初起，巨鹰再度来临，"肉身"要再一次承受撕裂之痛，再度呼叫，再度血泪交迸，再度愤懑绝望，但绝不求饶，也绝无怨悔。

普罗米修斯的"肉身"仍在古希腊的崇山峻岭上，标志着"肉身"的永恒价值，标志着"肉身"存在的另一种意义，不是静待死亡，不是静待复活，也不祈求解脱或升华，"肉身"只在"肉身"的剧痛中自我完成。

Kouros ——青春肉身

希腊人在运动中追求人体肉身潜能的极限，在运动场上开展身体的一切可能性。

人的身体并不是自由的。往上跳高，身体会被自己的重量限制；向前跳远，身体也会被身体弹性限制；奔跑时知道身体有速度的限制，投掷铁饼时了解自己臂力的限制……

人活在种种限制之中。

希腊人赋予身体的意义在于突破这些限制。

公元前 6 世纪以前，希腊的人体雕刻还在木讷平板的古拙时期，保留着古埃及人左脚在前。右脚在后的姿态，两手平垂，置

放在身体两侧。这些大多是青年男子的全身裸像，被称为"Kouros"，成为希腊人体美学的重要传统。

Kouros 是人，是 18~20 岁的男性，是在运动中使身体达于极度完美的人体。

Kouros 是人，但具备了神性的完美。

18~20 岁，希腊人在运动中了解人体潜能的高峰如此短暂。一个竞技者在运动会上得到一次胜利，获致如神一般的荣宠，而这身体也似乎立即面临着体能下降的威胁。

希腊的肉身之美中隐藏着残酷的衰亡的现实。

希腊的墓石上常常无限眷恋地镌刻着男子完美的肉身之美，旁边是一衰老的老人在一旁凝视沉思。

埃及人惯于凝视死亡。

希腊人则执着于凝视青春。

青春以一种具体的肉身形式出现，短暂华美，仿佛才一赞美，已经开始惋叹消逝。

Kouros 的人体美学贯穿着整个希腊美术的传统。

在公元 5 世纪前后，Kouros 的肉身有着强烈动起来的欲望。肉身不安，在大理石中起了骚动。

以斐迪雅斯（Phidias）、伯里克利特（Polycle'te）为中心，希腊的人体雕刻达到了巅峰，也成为影响西方人体"古典"（Classic）的形式典范。古典时期希腊的人体和古拙时期最大的不同在于两脚重心的偏移。

维持了上千年的埃及人像传统，始终是两只脚平均分担身体重量，使身体保持端正、直立，有些平板的对称效果。

希腊古典时期的人体，使身体重心落在一只脚上。如同从立正的姿态改换为稍息。如果重心落在左脚，右边的脚踝、小腿肌肉、膝盖关节，乃至于大腿至臀部的肌肉全部放松，连带使腰部及髋骨都发生了变化。

因此，观察一尊希腊古典时期的人体雕像，身体在一刹那间由动而静，或由静而动，在转换重心过程中，肌肉的每一个细节都发生着微妙的变化。

希腊人留下了完美的肉身成为全世界人体美学的典范。

在美术史上，希腊确定了肉身存在的意义与价值。

运动不只是为了体能，更是借着肉身的训练，达到对和谐、平衡、秩序、节奏的认识。

许多发掘出来的古希腊运动场都有专供训练的场域，在亚里士多德的哲学学院中，体能竞技也被列为重要的项目。

可见希腊是在"肉身"的基础上建立了"哲学"的体系。

"肉身"是"思维"的基础，"肉身"是起点，也是"终点"。起于对"肉身"的眷恋，对肉身的爱，终于对"肉身"完美的追求。

然而，"肉身"完美，只在"青春"之中，希腊人终究还要面对"肉身"的俗世难题。

掷铁饼者 / 约公元前二世纪，现存于罗马国家博物馆。

附录一
身体典范

没有一个民族留下如同古代希腊一样的身体美学。

古代的埃及也有杰出的人体雕刻，但是多是固定的姿态，仿佛在时间中静止，在一刹那间被死亡冰封，不再具有人的体温。

美索不达米亚古亚述文化的人体多表现君王神性的权威，高耸巨大，也不是一般常人的自在。古代黄河流域半坡、马家窑的陶塑人像俑多卑微茫然，面目模糊，好像还找不到人的清晰存在价值。

希腊在公元前八世纪左右已经有固定的运动竞技。奥林匹亚地区发现的古代运动竞技场遗址可以追溯到公元前 776 年。运动员的竞技是为了礼赞天神宙斯，参与者都全身赤裸，因此，运动过程中每一个动作牵动着肌肉骨骼的变化都清晰可见。雕塑家与绘画者也都在现场，奥林匹亚遗址现场就有著名雕刻家菲迪亚斯的工作坊。雕刻家以运动竞技的选手为模特儿，观察他们运动中身体细节的变化，创造了全世界最早的人体美学典范。时至今日，全世界现代美术的教育仍然遵奉古代希腊的人体美学准则，青年学子入手习画大约都从素描石膏像开始，希腊人体之美便根深蒂固成为不移的人体典范。

希腊人体之美来源于神话信仰，肉身是神的宠赐，肉身也以神的完美作为最终向往。希腊古典史诗中最重要的英雄海克力斯，以凡人之躯，通过十二项艰难的考验，一步一步，最后被众神接纳，摆脱凡人之躯，进入神的永恒国度。

古代希腊的身体美学不是琐碎的学理考证，古代希腊的身体之美是以一尊如此具体的雕像，站立在我们面前，自信而雄辩地说服我们身体美学的真正意义。

一名运动选手，参加拳击竞赛，得到冠军。他如此谦逊，没有一点得胜者的骄狂嚣张。他站立着，刚刚激烈运动后的身体安静回来面对自己。竞技不只是赢过对手，也许是更谦逊地赢过自己。向外的攻击征服都不是真正的赢，古代希腊的身体美学清楚诠释真正的赢者必须是向内的征服。

胜利者正举起右手，把月桂叶编成的头冠戴在头上。最早的桂冠也就是运动场周边生长茂密的月桂树的叶子。没有任何冠冕比新绿芳香的月桂叶更繁华尊贵，黄金比不上，珠宝也比不上。好几次去奥林

匹亚，在运动场四周徘徊沉思，在已成废墟的宙斯神殿前静坐，在昔日竞技者朗读诗歌、哲学辩论、阅读书籍、聆听史诗吟诵的一间一间殿堂里缅怀那一个远去的时代。

然而一尊雕像即刻唤回了那个时代一切的生命价值、青春、教养、优雅、自信、谦逊。这不是拳击选手的身体，这不只是竞技胜利的运动员，他摆脱了凡人之躯，通向艰难考验，通向了神的永恒华美。大英博物馆这一尊竞技者雕像具体呈现全部古代希腊的人体美学，呼唤起我们自己的肉身觉醒。

镜子前的生命停格

多年前，在雅典国立博物馆数度浏览古代希腊的墓碑形式，很感兴趣。

我们熟悉的墓碑，上面都是汉字，铭刻死者姓名，或以后代子孙尊称亡者为先考先妣以为纪念。近代墓葬风俗改变，有时会镶嵌一张亡者照片，但大多还是以文字为主。这种以文字为主的墓葬纪念习惯可以看到汉字强大的影响力，甚至影响到日本、朝鲜周边国度墓碑与祖宗牌位的供奉形式。

雅典国家考古博物馆好几个展厅的古代墓碑，上面也有铭刻文字，但都不在显著位置，墓碑中央一律都是亡者的雕像。大英博物馆这一件墓碑，制作成神殿建筑的形式，上面有一个三角形的尖顶，仿佛亡者还停留在现世空间之中。在两根柱子之间，一名年轻女子身披长袍，优雅站立着，身体重心落在右脚，左膝微曲，仿佛回旋转身，安静中带起衣袍褶纹微微律动的节奏。

女子右手轻轻拉起搭在左臂肘弯上的披风，左手举起一面镜子，正在揽镜自照。

在雅典国家考古博物馆我曾经看过不少同样形式的女性墓碑。

年轻的女性死亡，仿佛无法忘怀自己青春美丽的容颜，因此手中持镜，凝视着自己。生与死在镜中对话，真实与虚幻的两个自己在对话，墓碑里有了佛说"镜中花，水中月"的哲学意涵。

女性墓碑还有一种是在选择首饰，墓碑上出现一名女仆，打开珠宝首饰盒，让亡者挑选。好像女子正要盛装赴宴，临出门前选一个首饰戴在身上再走。

古代希腊的墓碑画面像是亡者生活的一个停格，选一个生前最眷恋的画面制作成墓碑，死亡的纪念也同时撼动了生者自己的生命觉醒。

在那些墓碑画面前，我不禁会询问自己，如果要从众多生活画面中挑一个放在墓碑上，作为自己一生的最后停格，我会如何选择？

女性结婚有儿女以后，停格记忆比较不同，我在雅典国家考古博物馆看到墓碑上有男子双手抱着幼儿，正在把小孩递给死亡的妇人，妇人伸手去接。也许这是一名母亲临终前的生命停格吧，她伸出双手，永远停在空中，渴望再抱一抱自己眷恋不舍的儿女。

对古代希腊人而言，文字太抽象了，他们要在具体的生命画面下思考死亡。

一件揽镜自照的女子雕刻使我想起许多唐诗里女性与镜子的纷繁意象。明代的杜丽娘"游园"一开始也是在镜台前凝视自己十六岁的青春容颜。不多久，杜丽娘死亡，那一面空着的镜台是记忆亡者容颜的唯一见证吧。

大英博物馆的古希腊展品中有几件特别值得注意的墓碑，有竞技得胜的运动选手，有战场上一同阵亡的兄弟同袍，出生入死的战友，也有了最后诀别的生命停格。

我们的生命停格会在哪里？我们会为自己选一个什么样形式的生命停格？

古代希腊的人体美学，不只是技术，更是深沉的哲学，两千年来才能够成为世界美术的永恒典范。

II

肉身凋零

—— 关于死亡美学种种

死亡是什么？

随着年岁增长，亲人朋友陆续离去，

死亡愈来愈近，愈来愈具体。

但是，

我们在生命最难堪的时刻，少了美学。

没有死亡美学，

生命只是随便活着，随便死去。

在希腊雅典国家考古博物馆看到许多纪元前希腊人浮雕的墓碑，我沉思了很久。

死亡是什么？

孔子的一个学生询问老师：死亡是什么？孔子回答说："未知生，焉知死。"

一个简单的回答，可能被误解了，数千年来，却成为意外的障碍，阻挡了一个文化对死亡做更深入辩证的探讨。

庄子对死亡的凝视好像更多一些。他凝视朝菌，凝视在日出之后逐渐萎缩死亡的浮游菌类短促的生命；他也凝视八千年一次漫长生死的大桩，好像领悟所谓"长久"可能只是另一种"短促"。

死，的确是生的一体两面。孔子或许没有说错，不充分了解"生"，无从彻底了解"死"。

但是，当然也可以反过来思考，未曾认真深刻地凝视死亡，会真正懂得生命存活的意义吗？

无论在希腊，还是在中国，在印度，在埃及，所有古老的文明，一开始，都必须专注而长久地凝视死亡。他们在死亡面前，忍住惊恐哀痛，忍住慌张，各自找到自己凝视死亡的方法与态度，自我解嘲，或自我安慰，却从来没有真正找到超越死亡的共同结论。

古代埃及人相信：死亡之后，灵魂 ka 走了。肉体存留在人间，肉体会腐烂，所以必须好好保存珍藏，用精密的科学方法把肉体制成木乃伊，肉体不再腐朽，可以等待 ka 回来。有朝一日，肉体可以再使用，可以从死亡里复活。

但是，ka 从来没有回来过。木乃伊等待了数千年，等到的是盗墓者和考古学家。

"复活"只是死亡命题里一个美丽又残酷的谎言吗？

印度的信仰，并不坚持肉体的存在。在恒河两岸，日日夜夜，可以看到焚烧的尸体，烧到焦黑、扭曲、断裂，油脂升成浓浊黑烟，残余的断手断脚，推到河里，随大河波涛流去。

我在恒河船上，曾经与众多肉体一起流淌，那一刻，仿佛才懂了佛经上"流浪生死"的意思。

埃及与印度都是深思死亡的民族。埃及极度眷恋肉体，肉体干硬成木乃伊，还是坚持人的形状。埃及文明却在 2400 年前完全毁灭了。我们今天看到的古埃及，只是一具死去的尸体而已。以后希腊、罗马统治埃及，之后伊斯兰帝国与欧洲殖民者统治埃及，埃及不再是古代的埃及，古埃及真正成为一具干硬、空洞，徒具形骸的木乃伊。

印度或许是最能透彻肉体"无常"的民族。"无常"可能是"色即是空"，我总是在印度人眼瞳深处看到不可解的忧伤。但是，"无常"同时也可以"空即是色"。在印度文化里，有着最绚丽炫耀的色彩、最欲情的耽溺、最令人迷幻陶醉的声音与气味，也有官能妩媚悦乐摇荡到极致的肉体。

这些都是凝视死亡的不同结果吗？

那么中国呢？希腊呢？他们以什么方式凝视死亡，或逃避死亡？

我在立于两千多年前的古代希腊人的墓碑间徘徊，墓碑通常一米到两米高，上面裁切成希腊建筑三角屋顶的形式，中间则是浮雕人像。

许多人走到雅典国家考古博物馆置放墓碑的区域，看到一块一块雕刻的石碑，以为是古代艺术品，指指点点，评论人体的美丑、雕工技巧的好坏，却往往不知道，这些石雕全部是出土的墓碑。

知道是墓碑，再回头看这些浮雕上的男女，或许会有不同的心事感受吧。

有好几件墓碑上的死者是年轻妇女，样子看起来年轻，是不是死亡时真的很年轻，不敢确定。有学者认为，希腊人习惯在墓碑上刻铸死者最年轻美丽的容貌。

女性死者为主题的墓碑，有几件形式很类似。死者都坐在椅子上。有一件公元前五世纪的墓碑，全高149厘米，墓碑上端小字刻了死者的名字艾吉索（Hegeso），左侧面前站着一名仆人，手中捧着首饰珠宝箱。死者正从珠宝箱中挑选一只手镯或戒指。

艾吉索是不是生前极为恋慕珠宝首饰？2500年后，我们当然已无从查考。但在死去的女性墓碑上刻下她生前专心凝视珠宝、挑选珠宝的表情，使观看者忽然对死亡时带不去的东西有了种复杂难以言喻的感受。

艾吉索坐在死亡的座椅上，凝视着她想带走而带不走的珍贵珠宝，希腊的墓碑留下这样的形象，是讽喻，还是悲悯？

我沉思着，我们的文化里当然也有恋慕珠宝的女性（或男性），但我们的墓碑上会有恋慕珠宝的图像雕刻吗？

如果，今天女性的墓碑上，也刻着她迷恋珠宝首饰的表情，我们会有什么样的感受？

另一件较小的墓碑，形式几乎完全一样。122厘米高，三角屋顶，妇人坐在椅子上，旁边站着一名仆人，捧着珠宝箱，打开箱盖内部的镜子，死者低头沉思，凝视着镜子里的自己发呆。

死者没有在珠宝箱里挑选首饰，她在镜子里看着自己的容颜，她想带走却带不走的，是这美丽青春的容颜吗？

艾吉索的墓碑 / 死者正在挑选首饰

死者凝视着珠宝箱内的镜子

这件墓碑是公元前 380 年的作品，比艾吉索墓碑晚了 100 年。从眷恋珠宝到眷恋自己的容颜，希腊的墓碑透露了什么领悟的讯息吗？

死亡的时刻能够带走什么？

死亡的时刻最想带走什么？

死亡时刻，明知道带不走、却眷恋不舍的，会是什么？

死者艾吉索，眷恋珠宝。另一名妇人，眷恋自己的青春容颜。

我正思索着，又走到另一件墓碑前，墓碑上的死者，也是一名女性。三角屋顶、希腊式建筑的空间里，一名年轻的女性坐在椅子上。

墓碑上，希腊的死者总是坐着。仿佛死亡是不得不坐下来的时刻。

她很年轻，肉体在衣袍掩盖下，还是显得健康饱满。她的脚下有踏凳，左脚向后伸，右脚向前，倚靠在踏凳边缘，使衣袍产生优雅的褶纹。死者右手支颐沉思，凝视着一名婴儿。婴儿抱在男子手中，男子似乎是死者的丈夫。婴儿却从父亲手中努力挣脱，伸长了手臂，似乎渴望母亲再抱一抱。

我在这件墓碑前沉思了很久。墓碑上的母亲只是低头不语，她并没有伸手去抱自己的孩子，她会不会知道：死亡的时刻来临，她已失去一切，包括再抱一抱孩子的权利与幸福。

三名死者，都是妇女。三件以妇女为主题的墓碑，雕刻墓碑

一位年轻母亲的墓碑

的人却发展出三种不同的生命形式与内涵。

珠宝、美貌容颜、尚在襁褓中的孩子，有什么会是女性死亡时无法割舍的？

雅典国家考古博物馆收藏的古代墓碑很多，各式各样。和古代埃及人不同，希腊的死亡美学，不把死者制作成干硬僵化的木乃伊，他们在墓地碑石上留着他们（或她们）生活时的种种渴望。

她们渴望恋慕过贵重的珠宝，她们渴望恋慕过自己青春美丽的容颜，她们初为人母，曾经把婴儿放在胸前，曾经满足地感觉婴儿索乳吸吮的口唇，曾经如此拥抱着孩子，感觉着孩子靠近时的体温和气息。

死亡时还有机会再回忆一次这些渴望吗？

有一些墓碑上的死者是男子，他们曾经是运动员，在竞技场上叱咤风云，头上戴着桂冠，透露着青春健康俊美和被全世界仰望赞叹的喜悦欢欣。他们裸露着壮硕的肉体，仿佛从墓碑上缓缓走来。

古希腊的墓碑上看不到死亡的阴沉恐怖，充满洋溢着生活的喜悦幸福。

这样的墓地碑石，似乎使人对死亡少了很多恐惧，却把死亡的命题回转过来，询问生活的意义。

的确，死亡只是生活的一体两面。存在主义哲学家沙特关切生，也关切死。他说：人从出生开始，便一分一秒在靠近死亡。

儒家文化的影响，使华人的世界极其避忌死亡。死亡的场域，没有生者的图像，没有生者的容颜姿态，只有非常抽象的文字。

为什么中国的墓碑上都是文字？

为什么希腊的墓碑上全是人像？

如果我们的墓碑上用雕刻的人像替代文字，我们会留下什么样的容颜与姿态给后人悼念、观看、赞叹或思考？

我没有答案。随着年岁增长，亲人朋友陆续离去，死亡愈来愈近，死亡愈来愈具体。但是，我们在生命最难堪的时刻，少了美学。医院没有临终的美学，亲人手足无措、呼天抢地；葬仪社叼着烟，漫天喊价，仿佛地摊。我们的墓葬没有美学，我们的死亡没有美学，生者只是惊恐慌张。

死亡如此草率、随便、轻贱，死者何以安心，生者何以安心？

没有死亡美学，生命只是随便活着，随便死去。

我沉思在古希腊的墓碑前，思维死亡种种。

III

俗世肉身

—— 罗马时代的人体美学

俗世中的肉身，

会生病、会痛、会发高热、

会有各种烦恼焦虑，会日复一日衰老。

俗世中的肉身，

每一日负担着各式各样的恐惧、惊慌、爱恨

与贪欲。

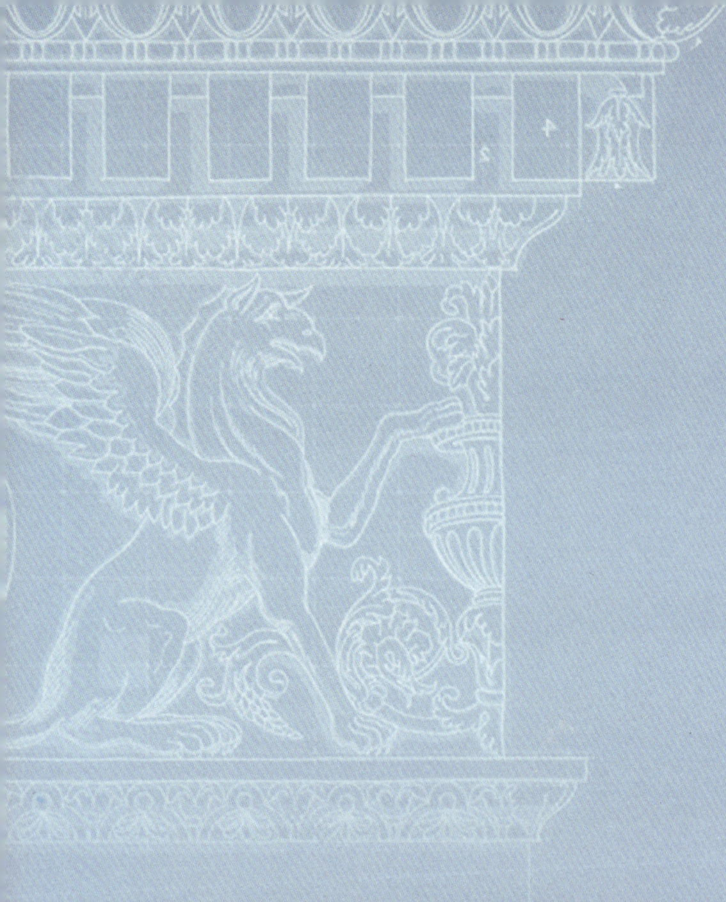

希腊奥林匹克运动传统，从公元前776年开始，每两年或四年举行一次，一直持续到公元393年。长达1168年的历史，也同时是希腊人体美学从萌芽到成熟的黄金时代。

建立在运动的基础上，希腊为全世界的人体找到了理想的典范。

年轻、健康、完美，希腊的理想人体，使肉身有了精神性的崇高地位。

肉身不只是卑微的物质，肉身也可以升华为崇高的精神。

但是，纯粹精神性的思维，是否可以解答一切肉身的难题呢？

面对一尊希腊黄金时代的完美肉身，引发了崇高的精神性向往，但是，停留在俗世中的肉身仍然有千百种难题。

俗世中的肉身，会生病、会痛、会发高热、会有各种烦恼焦虑，会日复一日衰老。俗世中的肉身，每一日负担着各式各样的恐惧、惊慌、爱恨与贪欲。

衰老时，下垂的每一寸肌肉与皮肤，也都是真实的肉身。

病痛时，每一分每一秒撕裂般的肉体上的痛楚，也都是真实的肉身。

希腊人使肉身如花，如花一般灿烂绽放。

罗马人走到希腊的肉身面前却看到花瓣一片一片开始枯黄、萎谢、凋零。罗马人看到崇高的精神性之外，还有众多俗世肉身的艰难。

罗马原来是希腊的殖民地，长久承袭希腊的神话、哲学、政治理念、文化与艺术。

罗马在意大利半岛北部伊特鲁斯坎（Etruscan）地区发展出的本土艺术，特别是陶瓶上的彩绘，以人像及故事画为主，也已长期与希腊艺术混合，承袭强烈的希腊风格。

罗马崛起，征服了希腊。但是也有人认为，希腊的文化早已征服了罗马。政权常常是断裂的，文化却只有累积与延续。

罗马建国以后，人体的思维究竟与希腊有什么不同？

在许多美术史的讨论中，希腊和罗马是合并在同一章节中讨论的。

如果笼统被称为"希腊罗马艺术"，那么，"罗马"在美学风格上的独立特性，是否就不存在了呢？

这个问题并不容易回答。

因为罗马对待人体的态度，显然继承了希腊崇高理想的传统，有绝对相同的部分；但是，罗马特有的务实精神，又使人体艺术发展出自然主义与写实主义的风格，有时刻意去记录人体肉身的衰老、臃肿、庸俗、暴发等真实的俗世性格，与希腊人追求的崇高理想性，形成强烈的对比、不同与反差。

先看一些希腊罗马人像美学相同的例子。

希腊北边的代尔斐，是古希腊传说中太阳神阿波罗的圣地。此地每隔四年也举办祭典、运动会，以及戏剧、诗歌的文艺活动。

代尔斐博物馆有一件著名的少年雕像，第一眼看去几乎完全是希腊理想性的人体作品，身体肌肉的表现完美而且丰富，在阳刚的力量中又流露着细腻精致的内心细节。

这件人像却是罗马建国以后，公元二世纪哈德里安皇帝（Hadrian）时代的雕刻作品。哈德里安皇帝在位时间是罗马帝国的全盛时代。他本人兼具文治武功的能力，扩大了罗马帝国的疆域，同时也提倡文风，耽读诗歌、哲学，修复希腊古迹，也重建雕刻、绘画、建筑的盛世风格。

这件少年雕像仿佛希腊的神祇，肉身完美如花，展现极沉静而崇高的精神性。

但是，这尊雕像，不是希腊神祇，而是俗世的凡人。

凡人的名字叫安帝奴斯（Antinous），因为俊美而被哈德里安宠爱，陪侍于皇帝身边，也成为一生征战、却逐渐衰老的帝王生命中美丽温暖的安慰吧。

青春、俊美、荣耀与宠爱，哈德里安皇帝在安帝奴斯身上眷恋着比帝国更大的深情。

这样的肉身，美丽如神祇，却是真实凡人的肉身，是可以爱恋、宠眷、拥抱的肉身。

肉身如果完美到了极限，是否就有了不可遏止的忧伤呢？

没有人知道，是什么样的忧郁的汁液，流布在安帝奴斯美丽的肉体之中。

他在 18 岁到 19 岁之间自杀了，没有任何原因。

会不会美也是肉身的负担？

安帝奴斯自杀了，肉身在 18 岁结束，他使自己的美停留在永恒的死亡之中。

年老的皇帝哀痛绝望，看着辽阔一望无垠的帝国边疆，知道自己贵为帝王，却留不住一具美丽青春的肉身。

安帝奴斯／罗马初期人像，现存希腊代尔斐博物馆。

哈德里安的晚年，在帝国疆域的每一个角落立起安帝奴斯的雕像，年轻、健康、俊美，带着淡淡的忧伤。

他似乎要使整个帝国知道如何向美致敬。

直到帝国消亡，美丽的肉身仍一尊一尊纪念着哈德里安永恒的心灵领域。

罗马建国之初，人体美学仍延续希腊的理想，但已转换为凡人的血肉之身了。

安帝奴斯美丽如神，却有凡人俗世必死的肉身。

希腊从诸神的高度来看待生命，罗马开始回到人间，从低卑的俗世角度看待肉身诸多艰难。

罗马的肉身意义终于发展出完全不同于希腊的写实精神。

希腊的人体一向被认为有高度理想化的倾向。

所谓的"理想"，并不是不面对真实的人体，而是对真实的人体做审美的选择。

例如，在希腊的人体中，大多是经由运动锻炼，肉体完美而年轻的人体。

人体已经经过挑选，不具备俗世的普遍性。

比较起来，罗马的"务实"精神，更切近人体的"肖像性"，更"真实"，也更具备俗世的广度与包容力。

面对一尊罗马时代的头像，在公元前 1 世纪左右，罗马刚建国不久，这件现藏罗马托洛尼亚（Torlonia）博物馆的人像雕刻，

展示与希腊崇高美学完全不同的俗世精神。

雕像里的肉身非常具体，大约五六十岁，头发秃光，额头上有深深的皱纹。两眉之间仿佛聚积着多年生命中的忧虑、恐慌；下垂的眼袋、凹陷的双颊，脸上记录着俗世岁月一道一道的刻痕。

这个显然有点贵族身份的老年男子，虽然衰老，犹有一种傲岸的表情。隆起的鼻梁、紧抿而笃定的嘴唇与下巴，都说明他在某种知识或权力上的自信。

我们可以依据雕像这么精密地去阅读一个古代罗马人的五官。

我们可以依据一件罗马人的雕像，去追溯一段真实的人的故事。他活过、忧虑过、恐慌过、爱过、恨过；贪婪或施舍、慈悲或残酷、卑劣或慷慨……都一一书写在这张脸上。

看惯了希腊人体中崇高理想的美，一时转身面对罗马，也许会觉得不习惯看人性的难堪吧。

希腊的人体是诗，是崇高的颂歌；罗马则更接近写实小说，可以巨细靡遗地书写人性最真实的鄙俗、贪婪与堕落。

也许，任何一件艺术作品中的"肉身"都是另一种意义的"自己"。我们面对一尊雕像，其实同时在观照"自己"。

希腊的雕像使我们相信自己的肉身崇高完美，罗马的雕像则使我们开始悲悯起肉身在俗世中种种的难堪与鄙俗。

一位罗马的贵妇，一头精心设计的鬈发，仿佛刚刚从昂贵的美容院走出来。她年轻，算得上美貌，却又十分跟随流行的俗世

品味。她，无法有希腊神性的端庄崇高，但是却有着世俗真实的凡人趣味。

罗马赋予肉身一种肖像纪录的真实质量，扩大了希腊对肉身局限于青春、俊美、健康的范围，使肉身可以负担更大的人性空间。

罗马的疆域辽阔，罗马的肉身诠释也影响到不同文化领域的殖民地。在埃及，原有木乃伊的棺木上增加了用彩绘制作的人物肖像，非常写实。以墓葬图像来说，古代的埃及和希腊，都使"死者"理想化及崇高化，但是，罗马却使"死者"的面容和身体依然具备"俗世"的性格。面对"死者"，不再是悼念、敬意、膜拜。罗马的墓葬人像栩栩如生，他们"活过了"，留着"活过"的痕迹，使人感觉到生活的现实。

希腊留下了美丽的神话、哲学。希腊的建筑是庄严的神殿，一根一根柱子，显示出优雅的秩序。

罗马则是务实的文化，建立严密的罗马法典，开创人口达到100万的巨大城市。罗马留下的雄伟建筑是斗兽场，以拱形结构完成足以容纳5万人在内活动的公共空间，也就是现代大都会巨蛋型公共空间的前身。

罗马关心"人"更甚于关心"神"。

罗马树立了凡人的肉身价值。

肉身衰老，肉身臃肿，肉身难堪，俗世中肉身的一切磨难与卑微，或许潜伏着罗马人思考"肉身救赎"的起点吧。

公元 393 年，信奉基督教的罗马皇帝德奥多西欧一世（Theodosios I）废除了奥林匹克运动会传统，废除了希腊诸神，诸神被贬为"异端"，希腊的肉身之美自此沦落。

罗马帝国选择了基督教作为国教，"肉身"在希伯来基督教的传统中有着与希腊传统完全不同的另一种认证，基督信仰里"肉身"只为了寻求"救赎"而存在，肉身又有了完全不同的另一种觉醒。

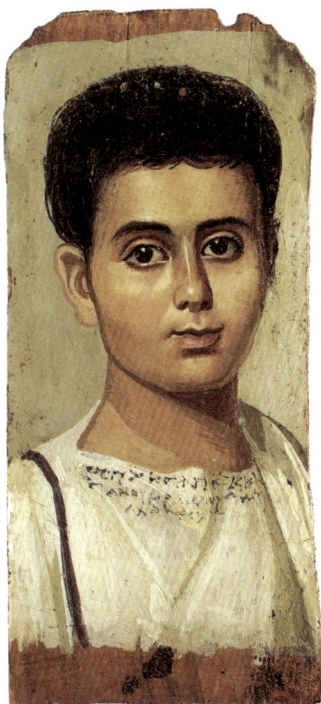

罗马时代埃及地区墓葬人物肖像

IV

肉身救赎 1

—— 基督教的人体美学 1

人类有时残虐人体肉身，

更甚于禽兽。

这种对肉身的残虐

是一种报复吗？

或者，肉身的残虐

有时竟被视为崇高的救赎？

肉身救赎

希腊的奥林匹克运动传统从公元前 776 年开始，一直延续到公元后 393 年，长达 1168 年，体能训练使希腊的人体美学有了最具体的依据。一直到今天，希腊的人体美学仍然是全世界尊奉学习的典范。

公元 393 年，信奉基督教的罗马皇帝德奥多西欧一世，废除了奥林匹克运动传统，连带废除了希腊诸神，废除了希腊人的"肉身"之美，废除了"肉身"美学的意义与价值。

同样是人类的"肉身"，在希伯来的基督教传统中，却有了完全不同于希腊的认证。

在基督教与罗马的政权结合之后，希腊传统的人体美学被视为异端，希腊的神殿被摧毁，或改装为基督教教堂。希腊诸神被驱逐，阿波罗、维纳斯俊美裸露的肉身雕像，被视为邪恶的诱惑，雕像被教会砸毁，抛掷入海中、埋入地下，成为禁忌。

将近一千年，希腊的人体在基督教执政的中世纪，被视为丑恶、淫欲、败德、颓废，没有任何存在价值。

人类的审美，并不容易在短时间就有清明的觉醒。

人类的"肉身"审美，还常常必须纠葛在政治、道德、伦理的规范之中。

希腊诸神如此完美的"肉身"——被斥逐毁坏，有长达一千年的劫难。

现在存放在世界各大博物馆中的希腊雕像，缺头、缺手、身躯残断，大多是自 14 世纪文艺复兴初期陆续从废墟中重新发现的碎片，经过修补整理，再次树立起"诸神复活"的人体美学。

一千年劫难中的遍体鳞伤仍历历在目。

人类有时残虐人体肉身，更甚于禽兽。

这种对肉身的残虐是一种报复吗？

或者，肉身的残虐有时竟被视为崇高的救赎。

希腊的肉身如花绽放，歌颂人体在现世中的意义。

希腊的人体，经过马其顿的亚历山大大帝，发展到巅峰，也在世界各个角落，包括亚洲的西部和印度，建立了人体美学的基础。

亚历山大大帝在亚洲建立的希腊式殖民地城邦，被罗马帝国接收，延续希腊的城邦理想，推展希腊式的神话、风俗仪式、多神信仰和现世享乐的观念。

罗马初期，在地中海东岸的古文明地区，从沿地中海岸的耶路撒冷、迦南地、耶利哥、以色列人居住的广大地区，有着强韧的希伯来文化传统。他们在殖民地的屈辱和压迫中，仍然坚持一神教的严格信仰，信奉《旧约圣经》中不可动摇的上帝耶和华，相信他创造了世界与人类，相信他赋予万事万物的价值，以及人的存在意义。

在今天仍具有世界性影响力的基督教，对"肉身"的意义如何定位？

也许，仍然必须回到古老的旧约，翻看《创世纪》一章的描述。

基督教的《创世纪》长久以来一直是西方世界最主要的宇宙观。

透过文字和图像，传达基督教上帝创造世界的起源。

在一片混沌中，上帝说，"要有光"，光就出现了。在第一天的创造里，分开了白日和黑夜。

第二天，上帝从混沌的水中分出了天空。

第三天，又从水中分出了陆地。陆地上开始生长花草植物。

第四天，上帝指令天空中出现太阳和月亮，分别掌管白日、黑夜与四时的循环，也在天空中布置了繁多的星辰。

第五天，上帝创造了海中、大地上与天空里的鱼类、走兽与禽鸟。

第六天，当宇宙间万事万物皆已完成，上帝即按照自己的形貌，创造了人类。

米开朗琪罗作品／亚当的创造

第七天，一切的工作都已完成，被命名为"休息日"。

《创世纪》的神话长久成为西方世界的信仰，甚至至今仍规范着许多人的生活行为。（例如七天一次"礼拜天"作为休息日的观念已经成为世界性的习惯。）

在这个古老而又影响力巨大的神话中，"人"是作为最后的创造出现的，这彰显了"人"的重要，也因为这个人的具体"肉身"来自于"上帝"形貌的模拟，更加强了"人"的尊贵性。

因此，从创世纪的初始来看，基督教对待"人"的态度有一定的崇高性。

但是，《旧约圣经》对"人类"的态度却逐渐发展到与上帝对立的状态。

最明显的例子是有关"伊甸园"的一则神话。

上帝把男人亚当安置在伊甸园中，亚当为所有的动物命名，突显了"人"在"动物"间的主人地位。

之后，亚当睡着了。上帝趁他睡觉时，取下了他的一根肋骨，创造了女人夏娃。

而后，夏娃被蛇唆使，偷吃了伊甸园善恶之树上的"禁果"，违反了上帝的禁令，被逐出伊甸园。

被逐出伊甸园后，人类开始了肉身的惩罚、肉身的流浪、肉身的放逐，以及肉身赎罪的过程，这成为此后基督教的重要信仰核心。

马萨乔（Massacio）作品／逐出伊甸园

亚当与夏娃是基督教艺术中不断出现的主题。因此，在基督教成为主流思潮的中世纪，虽然希腊的肉身美学被禁止，却并没有完全断绝对人体的描绘。在西方艺术史的中古时代，以"肉身"为主题的作品仍然占据主流的地位。

只是，基督教的"肉身"是被放逐的"肉身"。肉身背负着亚当及夏娃所触犯的原罪。

"肉身"被烙印了羞耻、罪恶，是背叛上帝的标记。

"肉身"要承当被流放的处罚。

"肉身"存在的意义不在现世。

"肉身"存在的唯一目的只是在赎罪而已。

基督教信仰中，婴儿诞生之后即接受"洗礼"，"洗礼"即洗去"肉身"原罪。

"肉身"原来是"上帝"形貌的模拟，"肉身"原来充满神性的完美。但是，因为偷吃了禁果，"肉身"堕落了。

"肉身"的存在充满欲望、贪婪、罪恶。在"肉身"流放的漫漫长途中，"肉身"努力在罪苦惩罚中渴求回到原来神性的完美。

肉身可以回去吗？

西方的文学史里，但丁的《神曲》、弥尔顿的《失乐园》都从这一思索展开，陀思妥耶夫斯基的《罪与罚》也在阐述这一主题。

肉身背叛了上帝，又渴望与上帝复合。

也许，在基督教的体系中，"肉身"承受了比希腊、罗马时代更多的表情——羞愧、贪婪、堕落、惊恐、痛苦、沮丧、绝望，而所有的表情都指向唯一的目的——肉身救赎。

原始的《旧约圣经》中充满了人类"肉身"流放的历史。

亚当、夏娃的被驱逐，只是人类漫长流放历史的开始。

夏娃有两个儿子，哥哥该隐务农，弟弟亚伯牧羊。二人都向上帝献祭，该隐献祭农业的谷类作物，亚伯则献祭肥羊。上帝喜爱亚伯的献祭，亚伯得宠。该隐因失宠于上帝而嫉恨，杀死了亚伯，因此被上帝惩罚，带着额上耻辱的印记，到处流浪。

在古老希伯来的寓言中，上帝永远在选择与分别他喜爱和不爱的对象，分别人的善与恶，施予神的赏赐或惩罚。

从诺亚的方舟到索多玛城的被毁灭，这个权威十足的上帝常常愤怒地以激烈的手段摧毁他亲手创造的人类。

人类的肉身，只有在背叛和救赎之间选择。

希腊的神话中，人的肉身与神之间的界限并不清楚。

完美的人的肉身，似乎同样具备着神性。而在诸神之中，也充满着人性的欲望、嫉妒、情爱等。

在基督教的《旧约圣经》之中，人与神的界限绝对分明。

人的肉身，沾带着原罪，等待救赎，也绝无逾越上帝的可能。

上帝可以没有理由地试探人，人却只有卑微地顺从与绝对地信奉。

古老的以色列神话，在罗马帝国时代，在沦为殖民地的境遇中，似乎反而彰显了它强韧信仰的力量。

从《旧约圣经》到《新约圣经》，历史上叫作"耶稣"的"人之子"，将以"肉身"来到人间，为人类赎罪。

"人之子"，耶稣，属于神？属于人？

他是传说中的弥赛亚，救世之主。是与上帝"三位一体"的精神上至高的神。然而，他又显现成为"肉身"。以受苦难的"肉身"示现于众人面前，以钉在十字架上酷刑中死去的"肉身"成为世界上影响力巨大的"肉身"符号。

《新约圣经》的书写缓和了《旧约圣经》中人与上帝的绝对关系。耶稣是上帝之子，又是人之子，他兼具了神性与人的肉身。

也许必须承认，基督教的"肉身"符号逐渐取代了希腊式的"肉身"，成为西方图像的主流。

阿波罗、维纳斯的肉身符号，让位给了基督信仰的耶稣，一个钉死在十字架上受最大惩罚与痛苦的肉身符号。

跪在这个符号前面的人，都希望自己的肉身体验同样的惩罚吗？

《新约圣经》的故事陆续被整理成图像，贯穿整个西方艺术史，画成壁画，雕刻成浮雕，制作成马赛克的镶拼艺术。

基督教的图像，围绕着耶稣，被不断赋予新的象征，涵盖着整个西方人的生命价值，无远弗届，至今已成世界性的符号。

如果以欧美重要博物馆的收藏来看，绘画和雕刻的人物故事

格吕内瓦尔德（Marthis Gothart Grünewald ）作品 / 耶稣的酷刑

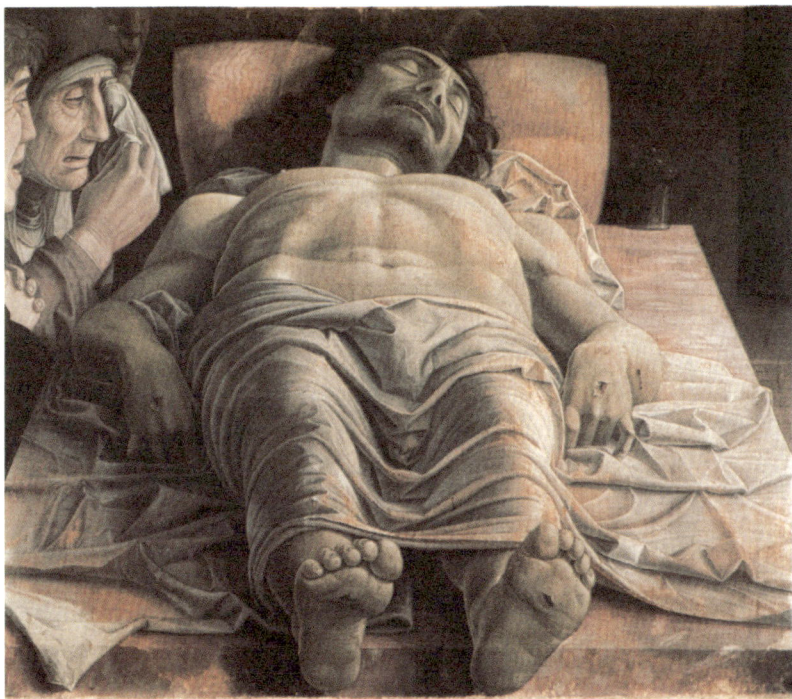

曼泰尼亚（Andrea Mantegna）作品 / 死去的基督

主题，基督教的部分，已远远超过希腊神话的主题，基督教的"肉身"诠释也可以说深入于西方人的精神本质中了。

在罗马建国之初，基督教徒饱受迫害，他们流离失所，被鞭打、监禁、火烧处死、遭受种种酷刑。这些立教之初的记忆成为信仰中不可破解的部分。到了基督教执掌政权的时代，他们以同样"异端"的心态对待希腊文化，用同样残虐的方式打碎希腊人体雕像，火烧或以种种酷刑残虐"异教徒"，在"残虐"人的本质上，并无不同。

而基督教也不断以钉死在十字架上耶稣的肉身，以及诸多受难殉道者的肉身形式来传述"肉身救赎"的意义。

所有跪在十字架下的信徒都在借这一酷刑的符号转化自己受苦中肉身救赎的渴望。

救赎成为"肉身"更大的激情。

肉身新约

《新约圣经》的图像在漫长的中世纪几乎是西方民众的教科书，人们从中学习着有关"受孕""诞生""流亡""屠杀""布道""告别""死亡""复活"等与人类肉身存在相互印证的画面。

最早的基督教留下的图像不多。在罗马统治的时代，基督教遭受迫害，隐匿在地下的教徒，只依靠着非常简单的十字符号等

达·芬奇作品 / 天使报喜

极简化的暗示传递信仰的讯息。

但是从《新约圣经》的描述中，许多关于"肉身"的课题早已准备着占据西方图像的主要位置。

被称为"Annunciation"的场景，有人译为"天使报喜"，有人译为"圣胎告知"，有人译为"圣灵受孕"。

画面上可以看到圣母玛利亚端坐室中，有翅膀的天使自左侧进入，一手拿着象征处女的百合花，一手向玛利亚传达圣灵将借她处女的肉身受孕的信息。如同神启，玛利亚感知了上帝的力量，不经由肉身"性交"，腹中借圣灵有了胎动，怀下了"人之子"耶稣。

性交——肉身最原始的悸动被包装成纯粹精神性的"圣灵"神启。

这个圣灵借"肉身"受孕的故事，长期成为西方艺术的主题。每一位艺术家对这段基督教新约的诠释也略有不同。

但是，耶稣是上帝之子，却从一名处女的"肉身"取得了血肉之躯，成为"人之子"，也以"肉身"赎罪，钉死在十字架上。

这个故事里蕴含着基督教对"肉身"的深沉思维。

延续着古老《旧约圣经》"肉身"赎罪的传统，又使圣灵得以显现在"人"的"肉身"之中，耶稣成胎的故事，使希伯来传统中"人"与"神"的位置有了新的转换空间。

"受胎"之后是"诞生"。天空中的伯利恒之星昭告着不凡人物的诞生。耶稣以婴儿的形式出现，诞生于简陋的马槽中，受牧羊人的礼赞。"诞生"的图像是取得"肉身"的喜悦。受世人的祝福，也是普天下都感觉到和平与幸福的时刻。

基督教显现在《新约圣经》中的肉身思维，不再只执着于希腊式的青春或埃及人的死亡，而是在延续的意义上使肉身可以从俗世到圣洁，从罪苦到拯救，从卑微到获致崇高荣耀的升华。

因为耶稣的诞生，罗马统治的以色列有了"新主诞生"的传说，于是统治者残酷地屠杀婴儿，以杜绝政权上不安的恐惧。

耶稣受天使庇护，由父母带往埃及避难。人世间的婴儿则遭遇恐怖的斩杀。

"肉身"始终在劫难之中，无辜的婴儿亦不能免。

基督教的确比埃及、希腊更多了一层肉身的隐喻。

基督教的圣经画面，在中世纪，一一凝练成"圣像"（ICON），以不可抗拒的图像力量建立人世的最高信仰。

"受胎告知""耶稣诞生""三王来朝""出埃及记"与"婴儿屠杀"也成为西方文化的图像经典，一再被诠释，也一再产生新的象征。

希腊的肉身，常常以独立的姿势存在，独立成为审美的对象。

基督教的肉身却必须连接成肉身的故事。

耶稣长大了，他的肉身在约旦河中接受如同凡人肉体的洗礼。他召唤门徒，行走于荒野之间，肉身经历魔鬼的诱惑试探。他在人的肉身中体现神的意旨。在众多的信众前，他施展奇迹。他的肉身行走于海面之上，他使清水变成了酒，他以五饼二鱼喂饱了上千的群众，他使瞎子重见光明，他使死者拉撒路复活……

耶稣的肉身从"人"修行为"神"，是肉身成道。

但是，道成肉身，他依旧回到肉身的卑微，仍然以肉身的受苦与死亡完成人世最终的救赎。

西方美术一再处理"最后晚餐"这一主题，"最后晚餐"中的耶稣，预告了自己的死亡。

最后一次与十二门徒晚餐，耶稣把面包传下，说："这是我的肉身，你们吃吧。"又把红酒传下去，说："这是我的血，你们喝吧。"

作为基督教最重要的弥撒仪式，耶稣注定要用血肉之躯的"肉身"来完成最后的救赎。

离开"肉身"，并无修行，也无救赎可言吧。

V

—— 肉身救赎 II

——基督教的人体美学 II

在漫长的中世纪，

基督教"圣像"符号化，

肉身被简约成为一种符号，

只提供信仰与救赎，

不沾带任何与真实肉身相关的记忆。

肉身成为符号，

无关"痛""痒"。

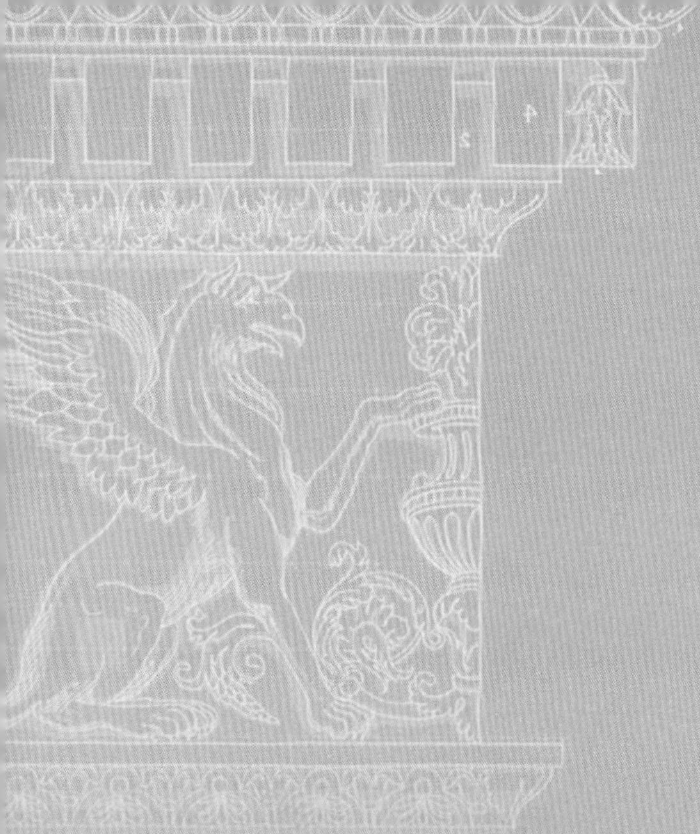

从教义来看，基督教似乎轻视肉身，甚至贬抑或压制肉身，以期反证衬托出精神的崇高。

在基督教成为主流信仰的初期，也的确看到西方的人体美学走向形式化、概念化的迹象。原来充满肉体真实性和表现性的希腊人像，逐渐被宽大呆板的宗教外袍所遮盖。肉身被遮盖隐藏，包裹在衣服中，当然意味着不能面对的肉身的羞耻与罪恶。

在漫长的中世纪，基督教"圣像"符号化，有了一致固定的形式，师徒相承，不可任意改变。

肉身被简约成一种符号，只提供信仰与救赎，不沾带任何与真实肉身相关的记忆。

肉身成为符号，无关"痛""痒"。

中世纪的基督教人体符号，逐渐配合高大的歌特式教堂，在高耸的建筑空间里，配置着一尊一尊窄长细瘦的人像。

这些人像，大多除了头部以外，身体部分都极度简化，被安置在狭长的固定空间里，缺乏任何转动的可能。

中世纪的人体，在教会诸多的禁忌包裹下，还是有极具美学特征的内涵，隐匿着内敛拘谨的魅力。

希腊的肉身如花绽放，释放了全部花朵盛开到极致的灿烂。

基督教的肉身却圣洁如花含苞。禁制守约的内敛使肉身如等待开启的秘密之花。那种极度内蕴的激情，向内蜷缩，的确如处女怀胎，使肉身战栗与悸动。

肉身在历史中，有时苏醒，有时沉睡。

只把苏醒作为肉身唯一的状态，也许正是另一种不自觉的褊狭。

基督教使肉身在沉睡中酝酿不同的肉体经验，如酒曲在土瓮中发酵，暗藏密闭的肉身激情，在黑暗闷郁中等待开启。

文艺复兴初期，最常被艺术图像作为主题的"圣胎告知"，的确是基督教《新约圣经》中隐含的重要象征。

圣母玛利亚，或许被神圣化了。因为是圣母，她的"肉身"不可以有俗世肉身的亵渎。她的"肉身"，只等待着被"圣灵"充满。

但是，这是"处女"的肉身。

一道"圣灵"的光穿透她的身体，鸽子在空中出现，她的"肉身"受胎，子宫内孕育了"肉身"的耶稣。

天使逼近她的"肉身"，手中拿着一支象征处女纯洁的百合花。

马提尼（Simone Martini）作品 / 天使报喜 / 传达处女受胎的错愕与恐惧

"圣灵受孕"的故事隐含着"性"的本质。

玛利亚在图像中的表情姿态，有时安详宁静，有时惊惧慌张。一手抚胸，或两手交握胸前，有些向后退缩的表情。

鸽子、百合花、一道金色如锐箭的光。

基督教与"肉身"的《新约圣经》，充满了象征和隐喻。

基督教中关于"处女""肉身"受孕的故事不止一则。施洗约翰的母亲伊丽莎白也是同样经由"圣灵"受孕怀胎。

在古老以色列的传说中，处女的"肉身"隐含着为神灵准备的圣洁意义。

女性肉身被看待的方式，处女象征的一再强调，似乎都彰显着希伯来基督教文明特殊的父权结构。

女性的肉身是在被"征召"的状态。女性对自己的肉身并无选择，也无从抗拒。在强大的父权"征召"下，女性只有充满蒙受恩宠的感谢。

没有人敢从反向思考：如果玛利亚当时拒绝受孕呢？

耶稣从处女的母亲取得"肉身"的故事或许就要有另一种版本了。

中世纪的经院哲学曾经对"处女受孕"的事有所争辩。处女如何怀胎？圣灵如何以一道光的形式进入处女的肉身？

在形式庄严神圣的宗教殿堂里，这样的讨论充满着不可言喻的"性"的挑逗。

的确，"性"与"肉身"，都在极度隐喻遮掩中突显了令人悸动的激情。

19世纪末至20世纪初，工业革命之后的欧洲，许多现代的艺术家仍孜孜不倦于解读古老基督教的图像。那些图像，一旦剥除了宗教的外衣，从神圣的祭坛上被拆解下来，人们就发现其内在的本质仍然是赤裸裸的"肉身"。

据说，经过长时间教义辩论，圣灵使处女受孕的故事，得到了大家比较满意的结论。一位经院哲学的论辩者反问诘难者：为何光可以穿透玻璃，而又不伤害玻璃？

这样令当时正反两面都满意的答案，的确不像是在讨论宗教上的难题，而更像是给物理学一个新的空间，也同时给"性"的激情更多奇想意淫的空间。

现代的艺术家有可能重新拆解与组构新的"圣灵受孕"的画面。

当"圣母"不再是"圣母"，而是"处女"。当"鸽子"不再是"圣灵"，而是一种"鸟"。当"百合"不再只是一朵花，而是一种"器官"。

也许，宗教的隐喻里暗藏着更多"肉身"有趣而又奇幻的元素。

因为图像，往往比文字更具备隐喻性。

在人类文明中可以一再被解读，被重新解读，甚至从负面与反向解读的图像，才具备图像真正内蕴的力量。

基督教的"肉身"隐喻是最周密的，也因此更具备"谜语"

的本质，也更具备不断被拆解及重新组构的可能。

"圣灵受孕"只是取得"肉身"的开端。

耶稣终于取得了"肉身"，从"神之子"成为"人之子"。

此后，他像凡人一样，要开始有一切"肉身"的艰难。

达·芬奇对"圣婴"时期的耶稣极感兴趣。他画过几次婴儿的耶稣与婴儿的施洗约翰对望的画面。"肉身"将要承担大痛楚、大灾难，然而"肉身"无知，"肉身"常如婴儿，天真烂漫。宿命的悲剧却早在"肉身"之中，只是肉身浑然不觉而已。

达·芬奇借婴儿的肉身说着令人泫然欲泣的悲剧。

基督信仰的肉身觉醒贯穿了整个欧洲文明，到了文艺复兴，人们重新从废墟里找到古希腊雕像，断手断腿的阿波罗、维纳斯，赤裸裸，如此坦率直接，经过一千年衣服的包裹，经过宗教严厉的禁制约束，人类的肉身要起大震动。米开朗琪罗的"圣母抱耶稣尸体"来源于"圣像"中的"Pietà"，本来是阐述耶稣尸体从十字架上卸下，圣母悲恸欲绝的表情。

然而，在米开朗琪罗的雕像中，"悲恸"转换了。横躺在圣母怀中的耶稣年轻俊美，完全不像尸体，圣母俯视怀中男子肉身裸体，如此优美安静，他（她）们都是古希腊的异教神祇，在基督信仰里借尸还魂了。

肉身回到人间，肉身缠绵眷恋、贪嗔痴爱，重新要做人世的功课。

米开朗琪罗作品／圣母抱耶稣尸体

VI

——

新月肉身

——美索不达米亚的人体美学

所有在那流淌着美丽河流的

土地两岸上的孩子，

都将永远记忆着母亲

厚实的肩膀、乳房、手臂和大腿。

这么厚实富裕，

才有可能是"母亲"吧。

在底格里斯与幼发拉底两条大河之间，有一块狭长新月形的土地。这一块界于地中海和波斯湾之间的狭长流域，产生了人类最古老的文明。

　　古代的希腊人称这块土地为"美索不达米亚"（Mesopotamia），意即"两河之间"。

　　法文里，这块弯月形的土地有更为美丽的名字"Croissant fertile"。"Croissant"是"新月"，是天空中弯如细眉的初月。"Croissant"也是法国人早餐时加了奶油烘焙的弯月形面包。"Croissant fertile"被翻译为极美的汉字"肥腴月弯"。

　　"肥腴"是指土地的肥沃、水源的丰沛、草树的繁茂、生命的富裕丰美吧。

　　"肥腴月弯"似乎可以使人遐想土地，也可以遐想这土地上文明曙光里初初绽放的肉身的厚实饱满。

文明似乎是最初唤醒肉身的一种光。

黎明初始，肉身从沉睡中逐一转醒。感觉到眼球转动，手指指尖微微有了知觉。

感觉到清冷的空气通过鼻腔，充满肺叶中每一处空隙。

感觉心脏的颤动挤压跳动，使温热的血流在体内运输、回环、行走。

在粗糙奔忙的生活中是没有肉身觉醒可言的。

肉身觉醒开始于静下来感觉到自己的身体。

感觉这身体，富裕沉厚如大地；感觉这身体，如同数千里坦荡的沃野，如同浩荡的大河间湿润温暖，是可以生长万物的谷地平原。这肉身，如同起伏跌宕的山丘峰峦，可以谛听风声雨声，可以与天上的星辰一同移转变迁。

美索不达米亚最早在女性的肉身上发现了天地自然的力量。

他们以土捏塑女性肉身，土，是肥腴可以生长万物之土，肉身，也是肥腴可以繁殖生命的肉身。

一件粗粗用土捏塑的女性肉身，只有 8.3 厘米高，不到一只手掌的长度。这么小的人像，女性肉体的特征却非常明显。

其实，她的头部是完全抽象的，没有眉、眼、鼻、嘴、耳朵，连脸的轮廓也不确定。

但是，从颈部以下，厚实的肩膀，连带着粗壮有力的手臂，手臂婉转地回环在硕大饱满的乳房下缘。一对丰硕的乳房，膨胀

裸妇小坐像 / 约公元前 6000—5100 年，现存卢浮宫。

厚实，占据肉体最重要的位置。

两手交握在胸前，在双乳之间，很随意捏出的手，可以感觉到手指轻轻触碰着肉身，仿佛对自己的肉身无限深情，无限珍惜，也无限自豪。

欢喜赞叹，终于有了如此富裕的肉身。

也许，说这是女性的肉体，并不完全正确。

这尊饱满如大地的肉体，其实是饱含了"母性"力量的身体。

女性，并不等同于母性。

经过繁衍、生殖，经过孕育和哺乳，女性的身体才完成为"母性"。

美索不达米亚最早的女性塑像，其实是"大地之母"的歌颂。

七千到八千年前，在潺潺的两河之间，在肥腴的土地上，谷类与果实繁殖荣茂，牛羊牲畜也在繁殖。

万事万物都在繁殖，宇宙之间，没有比生命的繁殖更重要的事。人在万物的生长里知道了生命最初，也是最永恒的本质——"繁殖"。

那时男性的身体还尚未完全觉醒。

在半游牧、半农业的生活中，母性担当了怀胎、孕育、生产、哺乳的各个过程。

每一个成长的生命，都牢牢记忆着母亲的身体。那厚实可以承当一切的肩膀、那丰硕饱满可以喂养满足一切的乳房、那粗壮有力可以呵护一切的手臂，以及那轻柔温暖的手指，可以抚慰温暖一切痛苦不安。

母性肉身，丰美富裕，正如同沃腴大地。

这尊女性裸像也正是 6000 年前两河流域用来祝祷万物生长，祝祷农业与畜牧繁殖昌旺，祝祷人的生命绵延不绝的女神。

这象征丰饶的女神，头部不是重点，肉身才是真正的主体。不但夸张了肩膀、手臂、乳房，也包括臀部和大腿，使人至今仍感觉得到这肉身里饱满不可限量的生命原始活力。

以造型来说，20 世纪初以后，所有现代艺术的各种主义流派都重回了这个原点。这是毕加索的原点，是马蒂斯的原点，是亨利·摩尔（Henry Moore），也是布朗库希（Brâncussi）的原点。

现代艺术家啧啧称奇，6000 年前如何能有这样简洁而又大气磅礴的造型能力。

但是，肥腴月弯上的人们一定不这样想。

他们的头脑里没有主义流派，也不会有所谓"造型"（Forme）的概念，他们其实只是迷恋热爱肉身吧。

所有在那流淌着美丽河流的土地两岸上的孩子，都将永远记忆着母亲厚实的肩膀、乳房、手臂和大腿。

这么厚实富裕，才可能是"母亲"吧。

他们在长大之后，那挥之不去的"母亲"的肉身，如此真实，随手用大地上的泥土捏塑，就是母亲的形象了。

因此，这个母亲也并不完全写实，和解剖学的真实无关，所有的变形或夸张都只是记忆里的准确。

美索不达米亚地区对生殖、繁衍的祝祷，逐渐演变，从躯体饱满的大地之母形象，总结成女神伊希塔（Ishtar）。

伊希塔在漫长的两河流域神话中成为最重要的神祇。她常以星辰的符号做象征，和太阳神沙玛夏（Samash）的日轮，月神辛（Sin）的新月，共同成为天空中最重要的主宰力量。

一件距今约四千年的伊希塔瓶，在拉尔萨（Larsa）出土。

陶瓶上以彩绘和雕刻的双重技法画出了伊希塔女神。女神双手上举，似乎在为众生祈祷，四周有浮刻的鱼、龟、禽鸟等动物，仍然代表女神繁衍万物的力量吧。

这里的女神伊希塔，头上戴着象征神格身份的四层牛角尖锥冠，全身赤裸，胸前佩戴项链，手上有手镯。受到众人的崇拜供奉，大地之母已不似初民时那么素朴浑厚。她的后背上还多出了翅膀，特别说明神性的能力吧。

乳房是随意画刻出的两个圈，倒是下身生殖器的部位强调，以倒三角的方式夸张地表现出来。"生殖""繁衍"的功能仍是女性肉身最原始的崇拜。

在距今 4000 年前左右，美索不达米亚以裸体女性肉身为对象的作品出现数量不少，大多与丰饶繁殖的祈求有关，也一致对女性肉身的哺育生殖部位特别重视。

美索不达米亚从初始的农业逐渐繁荣起来。村落扩张为城市，货物的简易交换变成具契约性质的大型贸易。原有兼具祭司角色

出土于拉萨尔的伊希塔瓶，距今约四千年，瓶身上刻着伊希塔女神。

的族群领袖，演变成了权威的帝王。社区间的纷争，演变扩大成掠夺与毁灭性的战争。原来简略草率约定俗成的民间习惯，必须制订成严格的法律条文。

男子忙于战争，忙于贸易，忙于争夺政权，忙于建立城市与帝国。

就在汉谟拉比制订举世闻名的法典之前，一名女子妩媚站立，双手举起一朵盛放的花。她把花拿到鼻下嗅闻，仿佛在男性建立帝国的同时，坚持着女性世界的宁静从容。

她相信，在战争和法律之外，在帝国之外，还有可以认真去凝视一朵花的文明。

她侧面站立，姗姗而来，身上的曲线婉转，在流动如水纹的衣裙褶饰下，感觉得到女子温柔婉约的肉身之美。

她的颈脖上套着11只项圈，黄金、银饰、水晶、琉璃、红玉髓、玛瑙，各种镶嵌珠宝都已成熟，用来丰富女子的肉身。

她的头上也戴着4层牛角的尖锥冠，所以身份已是女神。

好像应该相信，可以这样闲雅自在，拿着一朵花、凝视一朵花、嗅闻一朵花，女子的肉身也就有了神的属性。

在人类建立男性肉身阳刚霸气的形象之前，肥腴月弯的初民，在河流两岸的村落文明，提供了令人难忘的女性肉身永恒的宁静与包容。

嗅着鲜花的女子

带翼女神陶板 / 约公元前 2000 年，现存卢浮宫。

VII
欲念肉身
——印度人体美学

肉身骚乱不断，

在光的迷离、色的幻化里

耽溺、纵情感官，

一如大河泛滥。

欲情深处，或许正是领悟的起点吧。

光的迷离、色的幻化，

也正是对"空"的惊寤的开始。

印度河流域开挖了一些文化遗址，像摩亨佐·达罗（Mohenjo-Daro）或哈拉帕（Harappa），时间可以推到距今 5000 年上下，比吠陀经典及佛教产生的时代都要早。

这个被统称为印度河谷文明的出土遗址中，有不少与美索不达米亚文物相近似的美术形态。

两河流域苏美尔文明（Sumerian）的人像，形成了比较固定的风格。男子族长式的权威形态、神权与父权的结合、在雕刻上镶嵌宝石的装饰风格，都影响到印度河谷文明。现存印度国家博物馆的一尊印度石雕"祭司像"，几乎会被误认为是苏美人在美索不达米亚的作品。

两河流域的文明显然已波及印度河流域，甚至被作为一个整体文化来看待。有些学者直接称呼这时期印度河谷文明为"印度—

印度国家博物馆的印度石雕 "祭司像"

苏美文化"（Indo-Sumerian），这也说明了印度本土风格尚未成形之前，只是两河古文明的一个旁支而已。

文明如同生态，即使从外地移来的种子，具备原有基因的雏形，但是，经过长久的演化，必然在不断适应特殊地区的气温、土壤等客观条件下，慢慢会发展出自己独特的风格。

印度河谷文明的外来特征，不多久，也就被本土生长出来的特有风格替代了。

印度国家博物馆现有的一件男子裸体石雕，常常被拿来作为印度人体美学风格成熟的实例。

这件作品已十分残破了，现存的高度只有 4 英寸，大约 10 厘米高，以黑色石灰岩雕成，被推测可能是一件男子舞俑的姿态。

人体重心落在右腿，左腿高举，整个躯体呈现一种旋转的力量。腰肢纤细，腹部的线条非常柔软，甚至透露出类似女性肢体的妩媚感。

在其他的文化中，很少有如此表现律动和扭曲的胴体。

埃及的人体始终强调中轴线，强调对称与平衡，僵硬而且平板。

印度上古时代这件石雕，完全打破中轴线的观念。从任何一个角度看，舞者的身体都产生不对称的关系，重心的极度偏离，也使身体扭曲律动，线条在不平衡中却极富变化。

埃及的人体常常习惯于把身体归纳成近于几何性的简化形态。在中轴线、对称、平衡、几何、简化等元素的规范下，埃及的人

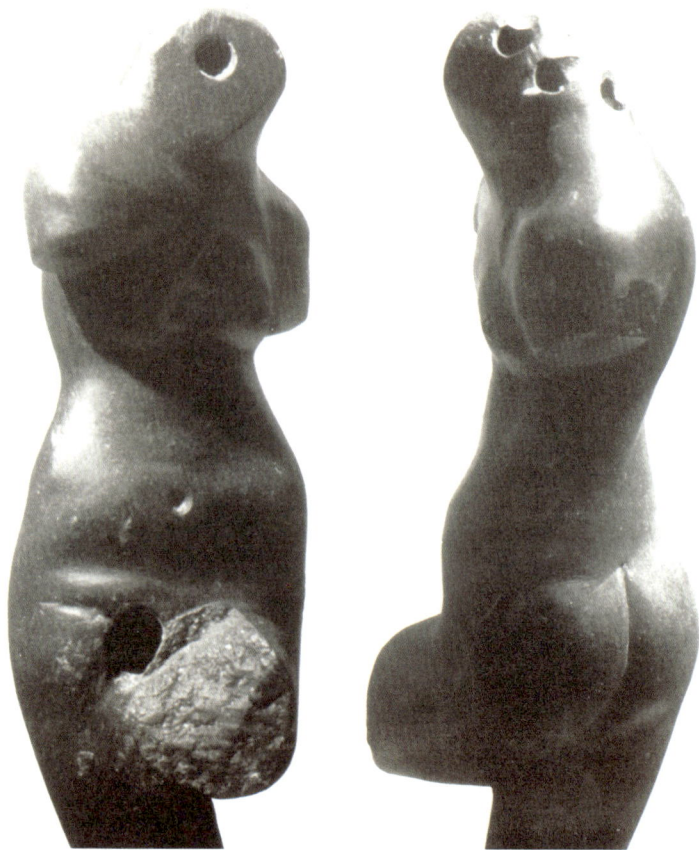

男子裸体石雕，呈现出一种跳舞、旋转的姿态。

体提供了绝对静止的庄严。人体永远正面朝向死亡、凝视死亡，仿佛封冻在死亡中的身体，严肃瞪视着唯一复活的焦点鹄的，不敢有一点放松。

印度的身体却如花开烂漫，在炎热的阳光下，享受着自由、解放，甚至是最放纵的感官欲望。

埃及的身体封存在静止的时间之中，追求永恒的静定，仿佛时间刹那间冰冻，身体的线条僵直绷紧，没有体温。

印度的身体柔软流动，仿佛是穿流过花丛的蛇，仿佛是热带暴雨后迅速生长的野生藤蔓，繁密纠缠。

如果埃及赋予身体凝视死亡的庄严，静止在永恒之中，印度则将身体释放出感官欲望的极限，在刹那的流转中享受肉身的喜悦，喜悦到战栗迷狂的地步，喜悦到肉身全然只是陶醉与恍惚。

如果埃及赋予肉身绝对理性的端正，印度则使肉身回复到感官底层的原始状态。

肉身并没有道理可言，肉身并不是逻辑，肉身也并不是规则。肉身的底层，可能骚动着理性无以理解的官能茫然、神秘、奇幻却又强大的悸动喘息。

印度的肉身有一种热烈的欲望，几乎无法局限在视觉冷静的观察下；印度的肉身每一分每一寸都是挑逗与诱惑，使人渴望抚摸、渴望亲昵、渴望拥抱。

如果埃及试图使肉身不朽，印度或许极早领悟了肉身如热烈

谢旺霖摄影／印度的肉身柔软流动，仿佛穿过花丛的蛇。

炎日下的盛放之花，其实宿命着腐坏凋败的本质吧。

在印度的肢体上，看到一种原始欲情的流荡，包括眉梢的弯曲，包括眼波的勾引，包括身体到四肢的扭动，包括细微如手指的拿捏……印度现今保留在戏剧及舞蹈中对肉身体态的诠释，仍然饱含着妩媚的欲念之美。

在印度的肉身里似乎始终以欲情为主体。身体的回环、扭动、摇摆，肢体的缠绕、旋转，都与欲念最深的性的萌动有关。

欲情是极大的官能的享乐，欲情又同时是苦恼与忧伤的开始；欲情是生的动机，又同时隐含着朽坏腐败的宿命。

印度在吠陀经典之前已如是思考，印度在佛说的诸多领悟中也仍然如是思考。

漫漫夏日，藤蔓与蛇相互纠缠，那些午后暧昧不明的梦魇，使肉身激荡，满满都是勃起的欲念与汗水。

肉身骚乱不安，在光的迷离、色的幻化里耽溺、纵情感官，欲情深处，或许正是领悟的起点吧。

光的迷离、色的幻化，也正是对"空"的惊寤的开始。

那个满是欲情的肉身，也正是此后要苦苦修行的肉身；那个为苦恼与忧伤纠缠的肉身，也正是在树下静坐，从迷梦中惊寤的肉身；那个负担着朽坏与腐烂的恐惧的肉身，也就是领悟了生死，可以清明正视肉身流浪的另一个全新的"肉身"吧。

印度诠释肉身的方法使人耽溺，也使人开悟，耽溺与开悟，

谢旺霖摄影

也都不离肉身本体。

从任何角度来看，印度都提供了世界上最丰裕饱满的肉身。

也许因为气候的炎热吧，印度的肉身如自然中的果实，弥漫着成熟到芳香四溢的官能的诱惑。

尤其以女性肉身来看，对乳房丰硕的夸张，对臀部厚实的夸张，都几乎延续着原始地母生殖崇拜的原型。

而女性站立的姿态也极尽曼妙妩媚，通常都使身躯处在明显的重心偏离状态。

一般来说，埃及的人体是双脚平均分担身体的重量，静止在绝对的平衡之中；希腊借助于运动，使身体重心偏移到一只脚，但另一只脚仍维持着牵制平衡的作用。唯有印度的人体，往往刻意打破平衡，使身体在律动、旋转、扭曲的变化之中，形成与埃及人体完全不同的另一种极端。

色、声、香、味、触，印度是许多古文明中特别耽溺于感官的文化。色相的迷离、声音的呢喃、气味的弥漫、味觉的浓郁、触觉的细腻，存在于肉体的眼、耳、鼻、舌、身的器官之中。官能颤动，如花朵中的蕊心，如同蕊心上细细的粉末，被蜂蝇触动，从生殖的底层里骚动起来。

那肉身如同肥沃的大地，如此起伏回旋，要使人一唱三叹。

印度常被误会是佛教的静定空灵，去过印度，知道印度的佛教早已式微，原始印度信仰仍然主导着今日的印度，奇幻、迷离、原始、欲情、感官，弥漫着嗅觉与触觉的陶醉，每一具肉身都充满欲念，在著名的性庙"卡纠拉荷"（Kajoraho）神庙雕刻满满都是欲念的肉身，男女肉体纠缠拥抱，各种姿态，冶艳、曼妙、淫荡，放任感官享乐到极致，没有任何拘束规范。然而，这样放纵欲念感官的肉身，也恰恰是庙宇外千万苦行苦修肉身的开始。

从"欲念肉身"到"苦役肉身"，印度提供了最极端也最迷人的功课。

VIII

苦役肉身

—— 印度佛教的肉身修行

从肉身的欲念贪恋中惊寤，

肉身有了修行的开始。

心灵上的痛，难以承担，

要依赖肉身的痛来解除转移。

只要有肉身存在，

就无法解脱生老病死。

从肉身的欲念贪恋中惊寤，肉身有了修行的开始。

伫立在恒河岸边，即使传统宗教里有不允许哭泣的习俗，我还是看到了死者的亲人啼泣哭号、毁坏头冠衣饰、撕扯头发、捶胸顿足，甚至割残身体。

心灵上的痛，难以承担，要依赖肉身的痛来解除转移。

死者的肉身在炎热的气温里发出恶臭，鲜花堆簇在尸身四周，花瓣腐败的甜烂浓郁，混合着肉体腐坏的气味。

蚊子苍蝇在四周喧腾环绕不去。

簝木架床，搁置尸身，沿着大河两岸，印度民众仍以这样的方式焚烧肉身。

告别肉身的方式一点也不隐秘遮掩。

肉身的告别，和肉身的新生，都同在一条河流中。

谢旺霖摄影／ 至今印度民众仍沿着恒河两岸篝木架床，搁置尸身，以这样的方式焚烧
肉身。

有妇人怀抱刚出生不久的婴儿，在河水中沐浴。

篝木在火光中焚烧，焚烧肉身，一切都清晰可见。

熊熊火光中依稀可见肉身蜷曲、紧缩、腾起，化成黑色或青色的烟尘，一缕一缕，仿佛深长的叹息，在空中消散而去。

印度对肉身的思考，似乎正是从死亡开始。

肉身是由许多刹那间的欲念构成——"无明所覆，爱缘所系，得此识身。"

《阿含经》中的句子是对肉身如此彻底的省视。

如果真如《阿含经》所说——"无明不断，爱缘不尽，身坏命终，还复受身。"

在"身坏命终"的时刻，不是埃及人对"复活"的盼望，不是渴求"肉身"的不朽；相反的，对生命最大的恐惧，竟然是——"还复受身"。

我们的肉身，在死亡之后，还有另一个肉身。啊，也许这里触及了印度佛教思维的核心吧。

"还受身故，不得解脱生老病死，忧悲苦恼。"

只要有肉身存在，就无法解脱生老病死。

所以在"身坏命终"的时刻，最大的祈盼，是不再接受"肉身"了。

"无明断、爱缘尽，身坏命终，更不复受。"

伫立在恒河岸边，看火烧中焦黑残断的骸骨躯体，或化黑烟逝去，或推弃河中，随波逐流，供鱼虾啮食，我亲眼所见"肉身"

的无常，或许是比经文更确切的教训与开示吧。

仅仅从思维上推论，肉身的欲念、耽溺，与肉身的苦役修行，似乎是两个不相关联的极端。

只有从印度对待肉身的方式，恰恰可以看到两种极端同时并存的必然。

印度人体美术传统中的妖娆冶艳，充满欲情挑逗与感官泛滥，恰恰是他们反观肉身极限与肉身无常的基础原点吧。

有关佛陀诞生的种种传说，对信众来说，是神圣不可亵渎的经典。在印度早期佛传的雕刻或绘画中，却沾带着强烈的世俗肉身的热情与饱满。

摩耶夫人躺卧宫中，肉体丰腴圆满，几近赤裸，她梦到白色大象进入腹中，因而妊娠怀胎。

图像历史中的摩耶夫人造型，可能会使中土的佛教信众大吃一惊。图像世界的"佛母"并不是洁净神圣的面容，而是流荡着丰满的欲情的女体，充溢着感官的喜悦，饱含着生殖的原始力量。

在无忧林中，因腹痛生产的摩耶夫人，一手攀握树枝，枝叶繁茂扶疏，果实累累，摩耶夫人腋下产下一子，即悉达多。

佛教经典应为悉达多太子成道后说法的总集，多为弟子听讲的记录，也使经典多保有"如是我闻"这样忠实笔记的开头。

悉达多出身宫廷，他一生的荣华富贵也成为思考无常幻灭的基础。

印尼婆罗浮屠石雕中的摩耶夫人

佛教经典与印度原始史诗、经文，如《摩诃婆罗多》《拉摩衍那》《吠陀经》，多有相互参证之处。

以悉达多个人的修行来看，也保留了印度传统如耆那教的苦行经验。

佛传所说"六年之间，日食一麻一粟"的苦修，是悉达多出家后第一阶段的修行经验。

心灵的痛，需要以肉身的痛来印证。

世人所见的佛陀像多是悟道后祥和圆满宁静的面容。

巴基斯坦保存的一件佛陀苦行像，描述佛陀苦修时饥饿体肤、形销骨立的静坐之姿；两颊凹陷、肋骨条条突立、肌腱瘦羸，却在精神上透露出非凡的坚毅力量，也许是思考印度从肉身的放逸纵溺官能，到内敛屏息、精勤苦行的一体两面吧。

事实上《杂阿含经》中仍保有对苦行的描述，也正是今日在恒河岸边仍然可以看到的景象："彼自害者，或拔发，或拔须。或常立举手，或蹲地，或卧灰土中。或卧棘刺上。或卧杆上，或板上。或牛屎涂地而卧其上，或卧水中。或日三洗浴，或一足而立，身随日转，如是众苦，精勤而行。"

"一足而立，身随日转"是恒河边常见的苦修景象，也是瑜伽里的"拜日式"。

《长阿含经》中说得极为动人："以无数苦，苦役此身。"

以肉身作为如仇敌一般憎恶的对象，以肉身作为亟待舍弃的

佛陀苦行像 / 约公元二世纪，现存巴基斯坦拉合尔博物馆。

对象，才能如此自苦吧！

《金光明经》说："一切难舍，不过己身。" 印度提供了与许多文化完全不同的另一种看待肉身的方式。

在残虐侮辱自己的肉身里，思维肉身可以被舍弃的最大可能。

基督教的肉身殉道里，突显的是肉身受苦的庄严性与高贵性。

印度对肉身苦役的思考却是把肉身置放在最低卑的层次。

"是身不坚，可恶如贼。"

《金光明经》里对"肉身"的描述，竟是以"贼"来看待。

因为"是身不坚，可恶如贼"，才能极尽一切心力，想方设法去"舍离"肉身。

信众所熟悉的"割肉喂鹰""舍身饲虎"等佛本生故事，常被掺杂进中土"舍生取义""杀身成仁"的儒学观点。其实，在佛典的原义，"割肉""舍身"只是单纯厌弃"肉身"，不要再有生老病死苦的"肉身"拖累，并没有儒家追求"仁义"的悲壮伟大的目的性。

"苦役肉身"还是似乎更应该从印度对"肉身"无常，对"肉身"厌弃的基本思维开始探讨吧。

IX

宠辱肉身 I
—— 中国人像艺术种种 I

凝视上古陶土捏塑的那些混混沌沌的人像，

不怎么坚持形状，

似乎对存活没有太多的意见。

风吹干了，

变成漫天的灰沙，

被雨水渗透，

变成湿烂的泥泞。

在几个古老的文明中，中国对肉身的表现一向比较忽略。

辽宁省喀左县东山嘴出土了一件新石器时代红山文化的女性裸像，已经残破，只残余5厘米左右，却明显看出是妊娠中的妇女，与同一时间美索不达米亚，甚至欧洲出土的"地母神"造型同属一个类型。

以怀孕的妇女肉体作为祈求繁衍、生殖、丰饶的象征，新石器时代，在农业及制陶的初期，这一类大腹大臀的女性形象，几乎在世界各地都是人像历史的肇端。

在两河流域、印度与埃及，人像艺术经过了"地母神"的阶段，很快转型到男性权威者的塑造，大致与帝国的建立同时。王朝宗法的概念，建立了父权社会结构。父性的王者、祭司或族长，都兼具"神"性，也纷纷出现了以法老王、国王或雄性神为对象

的巨大雕塑。

"地母神"的造型多以泥土捏塑，尺寸不大，浑朴柔和。

"父性神"的造型则多是石雕，在材质上强调坚硬与不朽；尺寸巨大，使人像呈现高不可攀的雄伟性。尤其在美索不达米亚及埃及，高达十余米的男性雕像非常普遍，是父权结构的政治社会有了不可动摇的象征。

中国上古时期却始终没有出现尺寸巨大的人像艺术。

先秦以前，无论是以玉石、陶土、青铜还是以木材雕塑的人像，大多呈现卑微的存在状态，其中尤以土制人像为最多，粗拙简陋，仿佛人的存在没有任何足以自豪夸耀之处，如同大地的泥土，是如此低卑的存在，从漫漫的尘土中来，又归回到漫漫的尘土中去。

黄河上中游，马家窑、半坡几个遗址出土的人像极少，大多数是器物，展现低卑的生活中一种务实的性格。

少数的人像，有时只是器物的一部分，在陶瓶或陶罐上捏塑一个粗拙的人头。人成为器物的一部分，茫然地看着自己，茫然地看着器物，似乎并不确定自己与器物究竟有什么差别。

如果将上古时期中国的人像，置放在同一时间埃及或两河流域巨大的人像的旁边，也许会感觉到自卑吧？

几乎大部分的古文明都曾经在巨大的人像中树立权威、尊严、华贵、不朽、雄伟等令人钦慕的人体美学。

唯独中国，到目前为止不曾出现巨大尺度、精神昂扬的人像。

庙底沟遗址出土的彩陶人形器口瓶

中国美术上古时期人像的缺席，也许应当作为文化中一项重要的课题来思索吧。

先秦哲学中讨论人的身体的论述非常少。儒家的典籍中把人置放在伦理的架构中讨论，人，很少有独立被论述的可能。

"身体发肤，受之父母，不可毁伤。"

对身体的谈论仅止于此。这肉身的存在如果有所谓意义，是因为归属于"父母"，仍然是从伦理出发的论点。"肉身"似乎并没有被独立讨论的可能。

重视伦理，也就是重视群体，而轻视个人。

群体通常会以族群的符号来代表，个人的形貌及身体特征的独立性也就无从发展了。

从玉石、彩陶，一直到夏商的青铜器，都有大量动物的造型，尤以龙蛇及凤鸟纹饰为最多，牛、羊、虎、鱼、象、犀，都不在少数，唯独缺少"人"的形象。

古代称为饕餮，今人多称之为"兽面"的动物造型，出现在陶器上，也出现在青铜器上，似乎是某种氏族图腾的象征。

这些饱含魅力的动物图腾，双目炯炯，仿佛氏族所有死去的祖先，盯视着后代子孙的一举一动。不是任何个别人物的形象，却是以氏族神祇的姿态出现，浓缩为族群共同的心理记忆，和今人的国旗国徽意义相同，却更具有宗教祭祀上的庄严性与神秘性。

个人，因此消失在这些巨大的兽面之中。个人在族群的荣耀里丧失了独立存在的意义。

从人像美学来看，中国似乎始终无法使"个人"独立自主地成为审美的对象。

"君君、臣臣、父父、子子"的严密结构，使"个人"必须一一嵌入社会伦理等级严格的秩序之中。"个人"的存在只有在巨大的家庭、族群、国家的牢固关系中才有了意义。

"个人"的面目是模糊的，"个人"也不可能突显独立自主的形貌与姿态。

牺牲掉许许多多"个人"的特性，或许是为了巩固伟大的族群的符号吧。

"个人"是模糊的，"肉身"也是模糊的。"肉身"停留在一种混沌不明的初始状态。

《庄子》中有关"混沌"的故事是特别有象征性的：

"中央之帝为'混沌'。倏与忽时相遇于混沌之地，混沌待之甚善。倏与忽谋报混沌之德，曰：'人皆有七窍，以视听食息，此独无有，尝试凿之。'日凿一窍，七日而混沌死。"

"混沌"是中央之帝，是生命初始的状态，混沌暧昧不明，没有眼耳鼻舌等七窍。

倏与忽，为了报答混沌，觉得生命最贵重的，无非是七窍，用来"视听食息"。因此每天为混沌凿开一窍，七天之后，混沌便死去了。

这个故事使人想起《旧约圣经》中的《创世纪》。《创世纪》是七天里创造了万物，"混沌"则是"七日死"。

《庄子》的寓言里隐含着人类进化的一种悲凉。仿佛在子宫的门口，胎儿忽然恐惧外面的光、外面的声音、外面的冷热与苦辣。胎儿试图退回去，退回到没有"视、听、食、息"的"混沌"的状态。仿佛"混沌"是一种模糊，又是一种清明，是一种"不存在"，又是"无所不在"。

凝视上古陶土捏塑的那些混混沌沌的人像，那种存活在茫昧之中的五官与身体，似乎对存活没有太多的意见，如同虫豸，如同草芥，渺小卑微地存活着，从黄黄的尘土中攀爬蠕动出来，和黄黄的尘土没有什么差别。是一种尘土，不怎么坚持形状，风吹干了，变成漫天的灰沙，被雨水渗透，变成湿烂的泥泞。

有机会站在黄河上中游的遗址层旁，看那些黄土的洞穴，数千年存活下来的痕迹，一颗仿佛随意捏着玩的人偶，玩完了，又随意丢弃。那是遗址吗？恍惚间，那在洞穴中攀爬蠕动的人像，不再是数千年前的人偶，而是现代的农民，混混沌沌，永远如此存活着，好像对存活一点意见也没有，却又似乎是最顽强的一种存活。

是的，最顽强的存活。

埃及巨大的法老王像碎裂风化了，美索不达米亚的君王、祭司，无论多么趾高气扬，也多残破不全。

新石器时代"仰韶文化"中的陶塑人形

却是那些黄河两岸边黄土遗址中的土偶，本来也不坚持任何存在的不朽，却如同大地上的泥土，成为另一种不可撼动的存在。

鲁迅的《阿Q正传》写出了这种存活的状态，极可悲可笑，却又极顽强的存在。

阿Q的形象恐怕不适合用埃及的石雕方式来夸耀。阿Q的形象也很难用希腊神祇式的造型来美化。

阿Q存活在邋遢卑微之中，甚至可笑到令人怀疑：这样的存活到底值不值得？

那些黄土中露出一点眉眼的人偶，也都只是初具人形，使人怀疑：这样也算是"人"吗？

庄子的《人间世》中有这样的描述："彼以生为附赘悬疣，以死为决疣溃痈。"

把"生"当作是身体上的累赘，是皮肤上可厌的肉疣赘瘤，而死，倒是解脱了"疣"、"痈"的赘挂折磨。

保留在先秦典籍中对"生命"的态度，也许可以和遗址中出土的那些难堪卑微的人偶一起阅读吧。

"大块载我以形，劳我以生，佚我以老，息我以死；故善吾生者，乃所以善吾死也。"

庄子哲学中的这一段似乎不只是哲学家的一种观点，事实上，或许更是中国一般百姓存活的生命态度吧。

埃及人对"死亡"专注的凝视，对中国人而言似乎是难以理解的。

"佚我以老，息我以死"是以"休息"、"安眠"来看待"死亡"。

死亡没有那么悲壮，生活也没有那么热烈。

生死在中国百姓之中，更像是一种自然，更像植物的枯荣，在春天发芽，在秋冬凋零，并不那么惊天动地。

"善吾生"成为一种重要的坚持。好像孔子说的"未知生，焉知死"。对"生"的强调，透露着任何一种形式的"存活"都比"死亡"更有意义。变成民间常见的俚语即"好死不如赖活"。看来低卑可笑的一句流传久远的粗话，用来观看黄土层中出土的土偶，在卑微及没有坚持的状态中存活着，忽然会领悟到"赖活"中悲怆的含意吧。

仿佛最屈辱、最卑微、最没有意义的"活着"，便是"生"的最本质意义了。

X

宠辱肉身 II

—— 中国人像艺术种种 II

他们在历史中没有名姓，

他们平凡安分，

有对爱情的恋慕，

有失去爱情的忧伤，

有战争，有流亡，

但似乎都不曾严重到，

要写巨大的史诗来赞颂与哀悼。

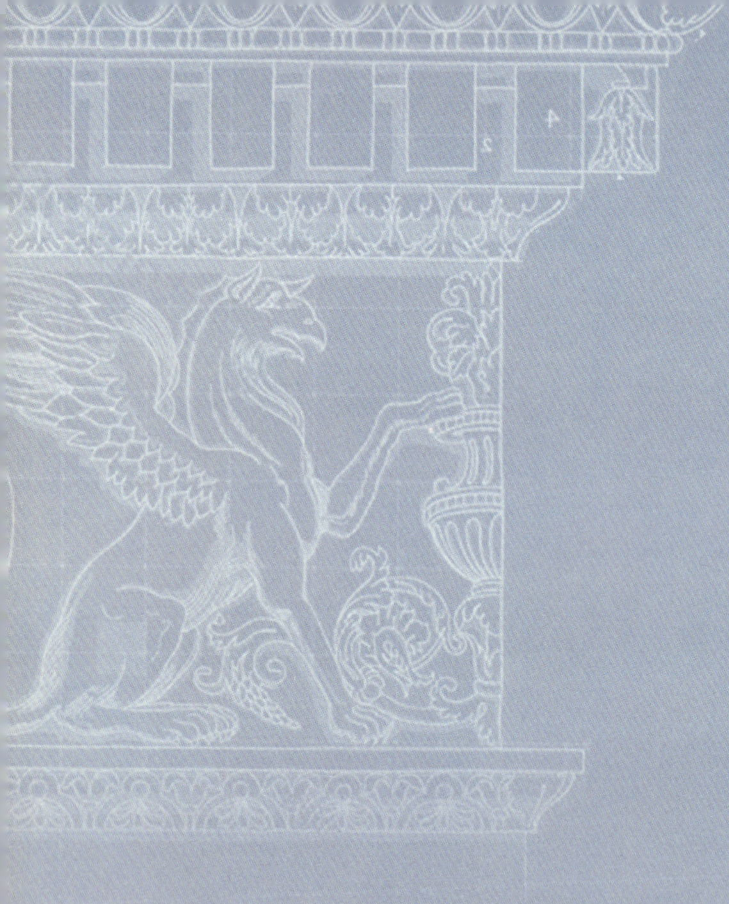

春秋前后，中国艺术上的人像造型开始盛行起来，逐渐替代了长久以来占据艺术主要地位的"饕餮"。

"人"，终于有了主体性的地位。

"人"开始观察自己的形貌，"人"开始思考自己的存在。

不同于天上的飞鸟，不同于地上的走兽与水中的游鱼，"人"脱离了久远的混沌茫昧，有了较清晰的自我。

最早出现在青铜器上的"人"，并不是一个独立的个人，也不强调个人形貌与表情的特征，通常是以浮刻的方式在青铜器的表面铸造出一群一群的人：在战争中攻城的兵士、在河流上捕捉鱼类的船只上的人、在农田中耕作的农民，或者在宴乐中演奏音乐和翩翩起舞的女子。

春秋时代，"人"的觉醒，仍然是以社会群体的方式出现的。

宴乐渔猎攻战纹壶（拓纹）/ 战国时代

同一时间，希腊的人像艺术，多以独立自主的圆雕来表现个人的特征。立体、真人大小，置放在神殿或城邦广场的人像雕刻，使希腊的美术展现了独立性个人的存在意义。

希腊人相信，"人"的意义，在于"个人"的完成。

希腊的史诗神话里充满自我完成的"个人"：伊底帕斯王、伊卡洛斯、普罗米修斯、Echo或米蒂亚……无数的"人"的典型，不是从"社会""群体"的角度去思考"个人"。"个人"甚至不必背负群体的道德意义，"个人"是以他者无法取代的方式完成自我。米蒂亚在爱情的绝望中残戾地虐杀自己亲生的孩子以为报复、伊卡洛斯为了追逐高高飞起的梦想而坠落死亡的青春躯体、普罗米修斯日复一日遭受鹰的利爪撕裂肉体的剧痛、伊底帕斯王锥刺双眼的哀号……

希腊的文学中流传着的"人"的故事，也正是一尊一尊竖立起来的希腊人像的本质精神。残戾、报复、梦想、坠落、青春、撕裂、剧痛，希腊的每一个"典型"各自提供给生命不同的面相。

也许在春秋时代的中国，美术上还努力寻找着"人"的共同形象吧。

"人"不是"个人"，"人"只是巨大的社会结构中一个小小的组合元素。他们劳动、战争、耕作或宴乐，并没有"个人"的面目，没有自己的特征，只是一个保有"人"的基本元素的单位。

以希腊的《奥德赛》或《伊里亚德》来看中国的《诗经》，

也同样会感到"个人"，"英雄"与"平凡""庶民"的差别吧。

《诗经》中很少英雄，也很少使人锥心刺骨的悲剧。《诗经》中多是田陌水边的男女，他们在历史中没有名姓，他们平凡安分，在农业的土地上世世代代生活着，有对爱情的恋慕，有失去爱情的忧伤，有战争，有流亡，但似乎都不曾严重到要写巨大的史诗来赞颂与哀悼。

"氓之蚩蚩，抱布贸丝，匪来贸丝，来即我谋。"《诗经》里多是民间平凡男女小小的调情与恋慕。"氓"只是无名无姓居无定所的男子，"蚩蚩"并不是坏，而是使乡间女子看了容易心疼动情的傻气。女子聪慧，知道这男子前来搭讪，并不是为了买丝，而是对她有意思，打她的主意了。

《诗经》中没有米蒂亚式的残戾与报复，也没有 Echo 退避到洞穴深处成为回声的忧郁自苦，"桑之落矣，其黄而陨"，《诗经》的哀伤，像是季节自然转换，仍然一贯着稳定土地上"人"的优美与节制，不会有极端的悲剧。

没有呼天抢地式的震怒与剧痛，无法发展为"史诗"的壮大与"悲剧"的跌宕波折；《诗经》的喜悦与忧伤都是非常庶民的情感，有日复一日季节循环中对自然的信赖，有日复一日站立在大地上的笃定与满足，无论生命如何哀乐，大致不会有像希腊海洋出走式的流浪冒险与搏斗吧。

《诗经》一贯着"人"的平和安静，好像在辽阔大地上，因为距离远，看不清楚是喜是悲。

"日出而作，日入而息，凿井而饮，耕田而食，帝力于我何有哉！"

农业的稳定，甚至是连"神"与"上帝"都不必依赖的，中国也就发展出了与希腊悲剧或希伯来《旧约圣经》完全不同的"人"的信仰。

"人"自足圆满于生活之中，"昔我往矣，杨柳依依；今我来思，雨雪霏霏。""人"的喜悦与哀伤都如同自然，如同春天的杨柳，也如同冬日的雨雪，也因此使喜悦与哀伤都不极端。

"青青子衿，悠悠我心，纵我不往，子宁不嗣音？"

"人"的深情只是如此，不会发展成特洛伊式血洗的木马屠城，不会有令人惊艳的海伦，也不会有一生怀着剧痛的亚格曼侬。

《诗经》中的"人"都无名无姓，没有表情的特写，世代生活在大地之中，仰观天象，俯察虫鱼鸟兽之迹，他因此确定了自己的位置，没有非分的妄想，也没有逾越。

希腊城邦式的政治出现优越的文化精英，是英雄或美人，是人中之"神"，他们智慧俊美，他们向命运挑战，他们渴望海洋式的冒险；孤独成为一种自负，流浪也是骄傲的自我放逐。

中国的农业基础却建筑在广大而平凡的庶民身上，他们采桑、捕鱼、农耕、凿井；他们的生活里很少有特别"奇""险"的起伏，也自然不会有巨大的悲剧与失落；他们不是"英雄""美人"，却安分于"人"的定位，笃实可靠地活着。

如果用《诗经》来作美术的稿本，很难像希腊神话、史诗、悲剧那样发展成故事性极强的西方绘画，也无法如同希腊以降的雕刻，如此以撼动人心的方式呈现"人体""肉身"的力量。

《诗经》连故事都不多，也甚少曲折情节。《诗经》更多的是一种独白式的心事，"蒹葭苍苍，白露为霜；所谓伊人，在水一方"。平稳均匀的节奏、对称和谐的形式押韵，也许都透露着一种四平八稳的生活吧。

农业其实是不需要太多冒险的。农业需要耐心，需要一种对土地的信赖，需要对季节转换的感受，人的生死爱恨也就如同土地与季节，可以天长地久了。

民间传说中的妲己、褒姒，都是受诅咒的人物。她们不祥，她们破坏了"人"所依恃的稳定生活。也许，在希腊的文学中，妲己、褒姒有可能被描述成海伦式的美丽吧。

在中国，太特殊的"美"、英雄或美人，都是不祥的。他们也难以在美术史上留下形貌。

中国美术的人像在春秋发展起来，如同《诗经》中的"庶民"，他们附着在青铜器的表面，无法独立成人体的雕塑；他们一群一群地生活着，也不会突显"个人"特殊的美。

上古中国美术人像艺术的特例是三星堆。1986年在四川广汉县南兴镇三星堆遗址出土高度达2米多的青铜人物雕塑，成为令

四川三星堆的人像（左）/ 希腊迈锡尼的亚格曼侬黄金面具（右）

人瞩目的焦点。这些青铜人像，端正庄严，面戴黄金面具，呈现出神人或巫师祭司的权威性；神秘高贵，使人起敬畏崇拜之感。

三星堆的人像美学至少有三点是同时代（商至西周）中原青铜器中所没有的：其一，中原青铜器多动物，少人体表达。其二，中原少部分的人像多是尺寸不大的"俑"，代表陪葬者或地位低卑的奴隶，三星堆则尺寸巨大，而且以塑造高贵的祭司或国王为主。其三，三星堆的黄金面具与黄金权杖与中原对"玉"的崇拜不同。

蜀文化的来源与特征因为三星堆的发现更被热烈讨论。在上古时期，至少以人像艺术来观察，蜀文化似乎有相当高的独立性，与当时黄淮平原的中原汉族文化并不相同。而黄金面具的意象更使人联想到美索不达米亚、埃及的图坦卡门，以及希腊迈锡尼的亚格曼侬黄金面具。

无论如何，三星堆的巨大铜铸人像及黄金面具一定阐释着一个与当时中原文化非常不同的人体美学，"人"的特殊性与独立性似乎在蜀文化中得到了较多的重视。

除了蜀文化三星堆的人体特例之外，楚文化中的"人"也具备较多的独立性与自由性。1973年湖南长沙出土的一件"御龙男子"帛画，表现一名男子，宽袍大袖头戴高冠、腰执配剑，御龙而行，神态潇洒，依稀使人想见同一时间《楚辞》中屈原对身体的描述。"制芰荷以为衣兮，集芙蓉以为裳。""高余冠之岌岌兮，长余珮之陆离。"

"御龙男子"帛画

　　无论从文字的藻饰或语言的华美绵长上来看，《楚辞》都十分不同于《诗经》。南方楚文化的歌声里出现较多的"个人"，独立性的"自我"，出现了不同于"庶民"的"精英"。一部《离骚》充满了"人"对身体的爱恋与珍惜。头上的高冠如山巍峨，身上的玉珮串串摇荡，采集荷花及芙蓉制成衣裳，"个人"对身体的爱恋怜惜表彰出楚地的唯美浪漫之风。一个温暖富裕的南方，在宛转的江流之间，人可以如此顾盼，可以如此耽溺肉身的青春华美，也可以如此感伤肉身的萎绝老去，"冀枝叶之峻茂兮，愿俟时乎吾将刈；虽萎绝其亦何伤兮，哀众芳之芜秽。"

　　南方的楚文化挣脱了农业的拘束，有了冒险，有了流浪，有激烈的热情，也有绝望的哀歌，人像艺术在楚文化中表现出了多变的面容，修长、优雅，在前后的顾盼中有了自我存在的自信。

XI

宠辱肉身 三

—— 秦俑与汉阳陵俑比较

仿佛在混沌暗暝的世界，

这些肉身，

还努力要活动起来，

要挣扎着活动起来，

要为主人再一次拿起戈矛剑戟，

要再一次在沙场上征战厮杀……

19 世纪 70 年代秦始皇陵的发现为中国人像造型艺术提供了重要的资料。

在秦以前，相对于埃及、印度、希腊，中国以人为主题的艺术作品数量极少。

春秋以后，社会上普遍的"人"的自觉，萌发了活泼的人像艺术。尤其在南方的楚文化区域与四川蜀文化地区，人像造型优美、修长飘逸，常常以简洁抽象的手法雕塑出人体活泼而又含蓄的动态。

秦始皇陵出土的人像多为军士，表现出男性阳刚的一面，和楚文化人像艺术的纤细温柔形成强烈的对比。

秦始皇陵的挖掘工作并未完全结束，但以目前出土的一号坑、二号坑的数千件兵士俑来看，足以为中国的人像艺术提供可贵的思考方向。

　　"俑"是陪葬品，目的在于让墓葬主人在死后的另一个世界享有生前同样的生活。

　　作为陪葬品，秦俑制作的目的并不在于给活人欣赏，并没有审美上的动机。

　　秦俑被挖掘出来是一种意外。以古代帝王的观念，陵墓极隐秘，不容易被发现，也绝无现代"展示"、供人欣赏的意图。

　　多年前在日本、美国看到巡回展出的秦俑，一件或两件，高度在180厘米左右，以写实的手法塑造兵士的五官眉眼、发饰服装、铠甲袍袖，的确惊讶于中国人像可以达到如此写实的精准。

　　秦俑人像表现出精明干练的身体表情，一种经过高度纪律训练而历练成的自信与笃定，使观赏者可以透过这些人像确定印证某些秦文化的特质。

　　秦俑以单件来看，可以与同一个时间的希腊雕像做比较。

　　公元前221年秦始皇兼并六国，结束春秋战国的长期纷争，建立了一统的帝国。同一时间，希腊经过亚历山大大帝的领域扩张，"泛希腊化"的艺术遍布欧洲、北非及亚洲西部。

希腊雕像多立在神庙及广场，供人崇敬膜拜，是在生活中供人模仿的典范。

秦俑是墓葬中的陪葬品，只在死亡的国度供墓主驱遣使用，绝无提供一般人审美的功能。

正常的情况下，"俑"是不应该被"活人"看到的。在古代，盗掘陵墓，无论在法律上还是在道德上都是不被允许的。

因此，秦俑制作的精准写实并非来自于审美及艺术的动机。

秦俑的头、躯干与四肢是以模具制作的，只有这样模造复制的方法，可以大量生产人俑。

数量如此多，但是，秦俑同时又要强调个别的特殊性。因此在模造之后，还要加工，做细部眉眼、胡须、发饰的修饰。

这种巨细靡遗的制作方法，反映了秦文化在法家政治下极度求"真"的表现。

中国主流文化，无论儒家还是道家，"善"的位置都比"真"要高。

儒家全力追求伦理上人际关系的和谐秩序，道家则着力于在伦理上解放个人的社会束缚。

儒或道，都努力于道德心灵的思维。

"法律"始终在这个族群文化的主流中被置放在"道德"之下。

"道德"是个人内心的自觉醒悟。

　　"法律"则是群体从外在制定的客观规律。

　　秦是中国的王朝中少数以"法律"精神建国的时代。

　　法律的严格训练，使秦文化中展现了遵守客观规则的精神。

　　秦俑的"写实"本质上是一种客观规律的"求真"。

　　秦俑的身高、体格完全按照真人比例来塑造。

　　秦俑的五官、眉骨的位置、眼睛的形状、脸颊骨骼的造型、唇形及髭须的剪法，无一不精准，头发的编扎，甚至用细的竹篾梳出一丝丝的发丝细纹。

　　秦俑的制作可以说是"一丝不苟"。

　　中国一般的艺术，追求的是"大气浑成"的写意性或象征性；秦俑"一丝不苟"的"写实"可以说是中国艺术的特例。

　　秦的法律治国精神，充分显现在秦俑身上，也因此使秦俑透露着中国艺术少见的阳刚、严肃、准确而且凌厉的风格。

　　秦俑有一种机警、如临大敌的肃穆，丝毫不敢掉以轻心。

　　相对于楚文化同一时期的柔软优雅从容，形成强烈对比。

　　秦俑身上的线条多是紧张的直线，特别是鬓角的部位，几乎全是九十度直角的切割，锐利而无转圜余地，使秦俑的肃穆中仿佛暗藏着杀机，使人不寒而栗。

　　秦俑以少数的几件在世界各地巡回，离开了出土现场，其实很难体会秦俑真正压迫人的强大力量。

　　到秦皇陵现场，看到数以千计的人像，一列一列排开，才知

秦俑身上的线条多是紧张的直线，特别是鬓角的部位。

道秦俑群体的力量，不是以单独的个体存在的。

秦俑在现场数千件一字排开的庞大阵势，应视为一件完整作品来看，单件并没有意义。

希腊雕像的美总在突显个体的特殊性、单一性、独立性。

运动者在赢得桂冠时的荣耀之美、阿波罗作为光辉之神独一无二的美、阿芙洛狄特在水中诞生时不可替代的美……

美是一种少数，是城邦精英自我成就的完美。

秦俑骇人的气势是群体的，是群体生存中共同意志凝结成的一致，个人离不开群体。

秦俑自发掘出土之后就在现址保存。没有任何博物馆能够收藏及展示这样庞大的作品。

秦俑的现场就是秦文化的现场，每一具俑的个别性都消失了。在现场，只有秦帝国不可一世的耀武扬威的气势，并没有个人。

有一天，会有秦始皇的像被发掘出土吗？

驱遣着数以万计的兵士俑，这叱咤一世的帝国的主人，他的肉身，又在何处呢？

相信许多人都在期待着。

埃及墓葬中的主人永远有巨大尊贵的雕像，法老王始终扮演着人像艺术的主角。

而在中国，墓葬中至今出土的多是陪葬俑：兵士、文吏、婢女、僮仆。在浩瀚的奴仆的簇拥中却始终寻找不到主人的肉身踪迹。

"始作俑者，其无后乎？"

孔子留下了一句颇令人难解的话语，使幽灵般存在的"俑"的肉身，看起来越发令人不忍、令人悲悯。

仿佛在混沌暗暝的世界，这些肉身，还努力要活动起来，要挣扎着活动起来，要为主人提水、梳发，要为主人烹调美食，要为主人弹奏起琴弦、翩翩起舞，要为主人再一次拿起戈矛剑戟，要再一次在沙场上征战厮杀……

然而，主人在哪里呢？

站在秦俑的现场，期待主人的出现而不可得，"肉身"终于只是陷入茫茫尘沙的时间之中。

或许，"时间"才是这里真正的主宰吧，"时间"风化了一切"肉身"！

原来色彩斑斓的兵士俑多已褪色斑驳，露出黄土的泥胎。

他们缺手断脚，或者失去了头颅，依然兀自站立。

在尚未完全清理好的坑洞里，他们从泥土中刚刚露出头来，仿佛大睡初醒，茫然地等待主人召唤。或者三三两两倚靠着，好像曾经横死在战场上的同袍，梦想着帝国的荣耀，死而无憾。

秦俑为中国的人像历史提供了思考的方向，个人与群体，奴仆与主人，国家的荣耀与个人的自由……

美，在时间的风沙中变成空洞的回声。当一个巨大的帝国在一夕间覆亡，一个陵墓的奢华被掩埋了，等待数千年后一次悠悠的醒转。

醒转时，所有活过的肉身仿佛有许多话语要说，然而似乎又都忘了发声的方法，他们仍然哑然沉默着，任人指指点点。

秦的法律，客观、写实，在中国人像史上恍如昙花一现。等到汉帝国建立，以南方楚文化为基础，刻意平衡秦的严酷，去除掉尖锐的棱角，把僵直的直线变成柔软温婉的曲线，产生了汉王朝包容宽厚的精神。

20 世纪 80 年代末才出土的汉景帝的阳陵俑，大致可以看到与秦的兵马俑相隔大约半世纪左右中国人像的蜕变。

阳陵俑的鬓角转成了圆形。阳陵俑脸部的肌肉不再如秦俑那样紧绷。在圆润缓和的面容里出现了极华美喜悦而又内敛的微笑。

汉景帝阳陵俑的"微笑"征兆着一种释放，"萧规曹随"、"黄老治术"、"与民休息"……汉代文帝景帝之间"四十年不用刑措"的历史，似乎反映在一张一张微笑的脸上。

从秦入汉，这些陪葬的俑，仿佛有了机会做自己肉身的主人。

或者，我们还是太乐观了，在中国的人像艺术中，俑，毕竟只是陪葬的奴隶，独立自主的"肉身"有真正的觉醒机会吗？

微笑彩俑／反映出"文景之治"时代"四十年不用刑措"的盛世

XII

宠辱肉身 IV

—— 《世说新语·容止第十四》的肉身惊寤

肉身的美，

最终是要领悟死亡的宿命的。

肉身还要有肉身的归宿。

肉身之美，使人一时惊寤，

惊寤爱恨，也惊寤生死。

长期在儒家文化的伦理架构下，人的身体，经常性地习惯于把精神与肉体的层面分开来对待。

肉体的层面，充满动物性的官能活动，肉体是欲望，是口腹之欲，必须经由"克己"的过程，努力达到精神性的升华。

儒家最初对欲望与官能的节制，无非是企图个体的自我，能融汇于伦理的秩序之中，也企图因此提升个体自我约制的道德性。

道德的被强调，自然一步一步钳制着个体、自我、欲望、本能或感官的发展。

"克己"与"复礼"成为两个相互依附的命题。

在"克己复礼"的命题下，"善"成为生命追求的最高目的。

肉身的存在意义在于——"止于至善"。

"善"的重要性，比"真"，比"美"，都更被孤立地强调。

"善"如果违离了"真",将是什么后果?"善"因此将徒具外在的形式,而缺乏内在实质的道德自省的力量吗?

"善"如果强大到压抑了"美",个体生命的自在圆满是否也因此被群体的道德意识所淹没?

肉身的美,将如何寻找它在群体中的立足之处?

肉身的美,如何无所羞愧地站立在精神与道德的典范之中?

西方从希腊的神话传说中可以找到单纯以"美"建立存在价值的典范。

"美"有机会独立于"道德"之外。

"美"使历史惊动。

特洛伊,一场十年浩劫的战争,可能因为海伦的美,因为不可抑止的对"美"的眷恋。

但是,在儒家的体系中,"美"常常是一种罪恶和灾祸。

"美"和"善"原来至少试图有阶段性的差异,"美"应该可以是通向"善"的途径,结果,却往往陷入与"善"的对立状态。

"善"不能包容"美","善"变成一种对"美"的嫉恨。

在通俗文化中,所有流传的美丽女子的故事,妲己、褒姒,都沾带着祸国殃民的邪恶性。

妲己与褒姒的处境,或许与希腊的海伦并无太大差别,但被议论的方式却大大不同。

海伦长久以来成为西方美术的重要课题,她的美似乎成为历史的重心。美，使历史惊动，美，也使人低回惋叹。

为了褒姒的一笑，幽王摔碎了所有的瓷器；为了褒姒的一笑，幽王撕裂了所有的丝绸；为了褒姒的一笑，幽王燃烧起漫天的烽火。在幽王的故事里，仿佛隐匿着一种背叛理性的对美的眷恋，把美推到道德毁灭的临界的挑战。

但是，褒姒和幽王，在中国，始终是历史的罪者。他们挑战了"善"，他们也不可能是"美"的典范。他们对"美"的决绝的坚持，被历史侮辱嘲笑，成为邪恶败德的象征与典型。

这些古老的故事，也许等待着文化后来者重新解读吧。

一个漫长的文化，嘲笑美、侮辱美、批判美。即使在离我们很近的当代，在一个"大革命"中，以丑秽戏弄"美"为荣耀，使"肉身"难堪卑微，"美"迷失淹没在群体的蝇营狗苟中，"美"，使肉身独立自信的个性完全丧失殆尽。

"美"对一个民族如此奢侈艰难吗？

肉身的美，竟宿命要成为历史的禁忌吗？

在汉代结束之后，一个分裂的三国，似乎给予肉身的美一种意外蹿起的机会。

魏晋文人名士对形貌肉身的描绘，在儒家道统崩溃瓦解之时，似乎有了蠢蠢欲动的机会。

《世说新语·容止第十四》是值得细细品味的。

"何平叔美姿仪。面至白。魏明帝疑其傅粉。正夏月，与热汤饼。

既唉，大汗出。以朱衣自拭，色转皎然。"

何晏，一个男子的美，在《魏略》一书中也有记载。《魏略》说："晏性自喜，动静粉帛不去手，行步顾影。"

《魏略》的说法，显然与《世说新语》不同。在《魏略》中，何晏对肉身极度眷恋，经常粉帛不离手，走路时，也不断顾盼自己的影子。

《世说》的论述刚好相反。何晏的美，何晏面色的洁白，使魏明帝怀疑他敷了粉。因此，在夏天最热的时候，皇帝赐他一碗热汤面吃。何晏吃得一头大汗，用红色衣袖擦汗，擦完之后，面色依然洁净皎白。

两种不同的说法，也许并不是此处争论的重点。有趣的是，在儒家文化不成为主流的时刻，形貌容止的美忽然有了独立存在被讨论的可能。

何晏的美，无论敷粉与否，在《魏略》和《世说》中都似乎当成是一件大事来讨论。

"朱衣自拭，色转皎然。"

那个眷恋过肉身的时代，或许曾经有过一刹那间在朱红的衣袖下凝视"色转皎然"的惊讶与喜悦吧。

佛教传入不久，肉身的生老病死有了更多幻灭的领悟，老庄的解脱，也使肉身可以土木形骸。然而，恰恰是那个时刻，男子的美、男子的"肉身"，有了难以解读的自负、耽溺、眷恋或惋叹。

东晋砖画／竹林七贤与荣启期（局部）／充分展现魏晋文人潇洒自在的姿态

何晏的美，并不是孤立的现象。

《世说新语》另有一段对潘岳的描写。

"潘岳妙有姿容，好神情。少时，挟弹出洛阳道，妇人遇者，莫不连手共萦之。"

这是一般人熟悉的一段。潘岳很美，一旦在洛阳街上出现，妇人就连手围着他，不让他走。这一段记录，似乎反映着那一时代，妇人对男子的美，曾经是如此直接表达的。

而下面接着说的一段也颇令人发噱。

"左太冲绝丑，亦复效岳遨游。于是群妪齐共乱唾之，委顿而返。"

左太冲太丑，他的仿效潘岳，使群妪（老太婆）都吐唾他。这里对于肉身"美""丑"的描写是如此直截了当，没有一点隐晦忌讳。

何晏、潘岳的美，左太冲的丑，至少在文字的阅读上，感觉不到一点与道德相关的部分。

美，就是"容貌"肉身上的美。美，属于肉身存在的一种状态，与道德无关。

这样独立地描述肉身之美，隐藏着颠覆儒家伦理架构的潜藏因子图。

肉身的美，隐藏着欲望、眷恋、贪嗔与痴爱。

肉身的美，美到极致，使人惋叹哀伤。

毕竟肉身空幻，肉身的美，如镜花水月，只显现刹那的荣华。

"王右军见杜弘治，叹曰：'面如凝脂，眼如点漆，此神仙中人。'"

肉身的美，的确曾经如此惊动了历史。

何晏、潘岳，他们一时来到人间，只是以肉身之美相认。

王羲之看见了杜弘治的美，大为惊叹，而当时的人，也看见了王羲之的美，"时人目王右军：'飘如游云，矫若惊龙。'"

肉身修行，肉身证道，肉身并不附属于道德，如同肉身之美，可以从儒家善的框囿中解放了自己，可以放恣纵肆，仿佛一时从修行逸入凡尘的肉身，要去人间经历爱恨生死了。

肉身的美，最终是要领悟死亡的宿命的。

《世说新语·容止第十四》有令人动容的一段："卫玠从豫章至下都。人久闻其名。观者如堵墙。玠先有羸疾，体不堪劳，遂成病而死。时人谓'看杀卫玠'。"

卫玠肉身太美，到了下都，人们围观，结果看死了卫玠。

《世说》的寥寥数语，仿佛谈玄，仿佛禅宗的机锋，好端端一个美丽的肉身，被众人围观，就被看死了。

肉身还要有肉身的归宿。肉身之美，使人一时惊寤，惊寤爱恨，也惊寤生死，卫玠匆匆离去了自己的肉身，只留下一段历史中可有可无的小小闲话而已。

辑二 / 肉身丝路 ▶

XIII

肉身丝路

过去与现在，

无数劫来的肉身，

在漫漫黄沙尘土飞扬的长途，

时而并肩前行，

时而擦身而过，

时而踽踽独行，

前无古人，

后无来者。

肉身丝路

1996 年的 8 月，我椎间盘突出引起的坐骨神经疼痛还没好，当时受鼻咽癌折磨、饱受肉身痛苦、却仍然开心乐观的楚戈，邀我一同去走一趟丝路。漫长的路途，无论火车还是巴士，一走往往就是十几、二十小时以上。大山连绵不断，夜行的火车轰隆轰隆，好像行驶在漫无止境的时间之河上。睡不稳妥，常常被窗外亮晃晃的月光惊醒。拉开窗帘望去，一片无边无际白荒荒的莽原。盛夏暑热，高处却仍然白雪皑皑，覆盖着千山万峰。夜晚时，中天满月，宇宙浩瀚，流动着无所不在的月亮的光华。没有渣滓，没有纤尘，如同忽然间面对面碰到了时间与空间的本质，如此单纯、干净，冷肃、庄严，是唐诗里的壮大风景了。"皓月冷千山"，诗句文字也可以被风景逼出一种内敛凝重的准确。

那些无眠的夜晚，总觉得路途上有人陪伴，有许许多多肉身陪伴。过去与现在，无数劫来的肉身，在漫漫黄沙尘土飞扬的长途，时而并肩前行，时而擦肩而过，时而在颠沛流离时相互依靠扶持，时而踽踽独行，前无古人，后无来者。因为神经的压迫，腰椎坐骨常有撕裂的痛。也仿佛恰恰是因为肉身上如此清晰的痛，如此具体的痛，使头脑一无旁骛，可以专注于前途，感知到一路前行时有如此多的肉身做伴。

《晋书·法显传》里描述了古来西行求法者看到的景象——"沙河中多有恶鬼，热风，遇难皆死，无一全者。上无飞鸟，下无走兽。遍望极目，欲求度处，则莫知所拟，唯以死人枯骨为标志耳。"

我们在漫漫长路的行旅途中，竟是以曾经是肉身的"死人枯骨"为前行的标志吗？众生行走，都如魂魄了。

前途只是微微车灯一点亮光，照着前方的路，蜿蜒的路，崎岖的路，颠簸的路，坎坷的路，在大片阒寂暗黑里，那是唯一可以看见的路。在绝壁悬崖间，在漫漫沙尘间，在酷热干旱的渴死与严寒僵冻的毙命间，生命要走出一条可以安心可以信仰的道路。

盘桓于崎岖山路，颠簸难行，脊椎与内脏都像要错位翻腾，我跟楚戈大半时间匍匐在前座椅背上，常常十数小时不敢坐在椅垫上，很真实地知道什么是"肉身艰难"。

路过交城，正是落日晚照，夕阳霞彩绚丽，城市却已是一片黄沙废墟，仍然看得出昔日城垛高大威严，街道宽宏齐整，曾经是繁荣的沙漠绿洲，客商行旅络绎不绝于途，将帅匪寇厮杀争霸，妩媚女子明眸皓齿，歌舞争宠。曾几何时，沙尘飞扑，金碧辉煌的宫殿台阁、璀璨锦绣霎时间灰飞烟灭。肉身曾经来过，筋骨毛发齿爪肤肉，却已一无踪迹，徒留下供人凭吊唏嘘的城市废墟。沙尘间，我看到的也只是新来过的游客的步履足痕，蹒跚徘徊，仿佛重来一次，在无有人烟的巷弄间还是又迷失了路途，肉身仍然不知何去何从。

石窟修行

这一趟丝路之行，主要是看洞窟，从库车西南塔里木河北岸的克孜尔石窟看起，一路东行，下到敦煌千佛洞，再沿祁连山脉往东南行经张掖、武威，到兰州。兰州西南渡大夏河，有炳灵寺石窟，再从兰州往东南过武山到天水，看麦积山石窟。麦积山石窟在渭河南岸，已经近丝路起点西安了。

东亚美术史最重要的一段，从汉至五代，绵延近千年，其核心是佛教艺术，所有的精彩作品都保存在一座一座的石窟中，也恰好是两岸以故宫、博物馆为主的美术史最缺乏的收藏。

石窟的形式来自印度，原来是僧侣信众修行之所。在僻静的山壁上凿石开窟，远离尘寰，面壁禅定，肉身修行，原不是以美为目的，也无关乎艺术。一座一座石窟，开凿在僻静山壁上，只是修行者的静坐思维之处，只是肉身受苦者许愿行道之处，只是弘法者传道说法开示众生之处。

修习生命的道场，与艺术无关，用一生心力彩塑佛像，图绘壁画，也只是用更容易的方法亲近方便大众，使文盲者、不识字的贩夫走卒、兵丁、老妪、伶优娼妓，都能来到幽暗洞窟，看见色彩斑斓宝相庄严的佛和菩萨，天龙八部，诸天伎乐，七宝楼台，金沙铺地，使洞窟幽暗中现大光明，使善男子善女人，来到佛前，都能暂时遗忘现世肉身之苦，向往生命还有更妙好的前途。

有些洞窟低矮，弯身低头，像匍匐于车中座椅上的姿态，肉身艰难，使我仿佛更懂了壁画中舍身的许多故事。

我一直特别喜欢亲近早期石窟的造像，北凉、北魏，尚未到大唐的繁华灿烂，造型特别素朴，线条粗犷有力，所阐述的故事多来自《本生经》，以佛陀前世舍身经变为主，情节凄怆悲壮，围绕着肉身艰难的主题，千回百转，不断领悟此身此生的存在与幻灭。

编号二七五的北凉石窟，北壁上一连四个舍身经变，就是其中最令我震撼的一个洞窟。

唐代重修莫高窟的碑记上提到，最早到敦煌开窟的是乐僔（366年），但是他开的石窟已经无存。二七五窟是北凉的洞窟，北凉由沮渠蒙逊建国，时代不长，从397年到439年，距离乐僔的创建敦煌石窟时代不远，因此也常常被拿来做早期石窟的形式典范。

二七五窟是一长方形的洞窟，屋顶是人字形向两边斜披。

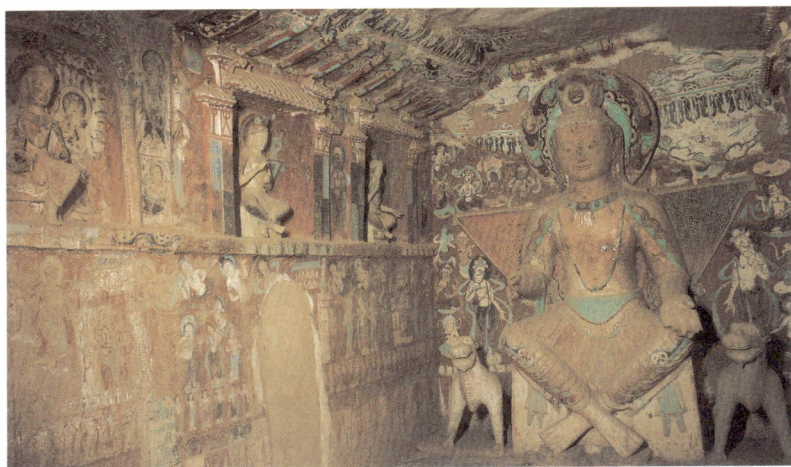

二七五窟西壁的交脚米勒菩萨与南壁佛龛

　　室内西端是一彩塑主尊，高 3.34 米。主尊是交脚弥勒菩萨，头戴佛冠，高鼻宽颐，面容圆满。弥勒菩萨左右各一护法狮，造型稚拙可爱，完全是民间工匠的质朴风格。

　　初进石窟，最先注意到的是立体彩塑，二七五窟除了西端的彩塑主尊和护法狮之外，南壁、北壁也有高一米左右的神龛，神龛内供养思维菩萨或交脚菩萨。神龛制作成立体的屋檐梁柱，上铺筒瓦，屋脊上有鸱尾，都是立体造型，却用平面画出屋檐下的斗拱。

　　这种混合立体彩塑与平面绘画的技巧形式是洞窟艺术的特色，立体彩塑常常用来表现修行成正果的佛菩萨，平面绘画则是肉身修行中的故事。如同今日绘本插图，文字部分是"变文"，绘画部分则是"变相图"。"变"就是经变，解说佛传或本生故事，情节复杂多变，如同后世的演义小说话本。当时宣讲经变故事，是为了弘扬佛法，却也在一定程度上满足了大众看画听故事的乐趣。壁画经变加上宣讲梵唱，使民间百姓不知不觉间从娱乐中领悟肉身的存在幻灭。如同一直到今天仍然盛行于民间的《目莲救母》戏曲传唱，就来自源远流长的《目莲变》。

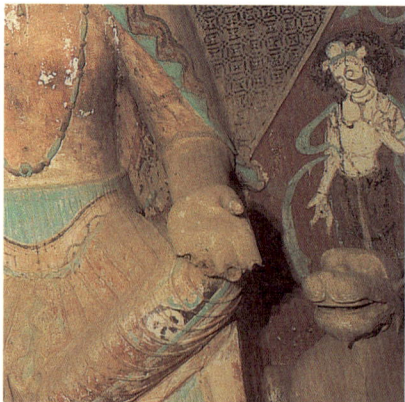

　　二七五窟最引人注意的经

变故事壁画在交脚弥勒菩萨的左手边墙壁上，菩萨左手向外平伸，是常见的"施与印"，也叫"与愿印"，意思很简单，只是不断问自己——有什么东西可以施与出去？

"施与"、"布施"、"施舍"，一般人的理解常常是财物的给予。然而原始佛教经变故事的"施"与"舍"，却常常不是物质，而是自己肉身的布施。

顺着弥勒菩萨左手"施与印"看去，石窟北边墙壁上有一排约三米长的经变壁画，自左至右，第一幅是《毗楞竭梨王本生》。《本生经》都是佛陀前世修行故事，毗楞竭梨王渴求佛法，一名婆罗门说："你愿意在肉身上钉上千钉，我就为你说法。"壁画上婆罗门持锤，正在毗楞竭梨王身上钉上千钉。

壁画最东端是"月光王本生"经变故事。月光王是乐善好施的国王，有人祈愿，他就施舍。另一小国国王毗摩斯那忌妒月光王的名声，就买通一劳度叉，前去要月光王施舍自己的头。月光王答应了，在树下让劳度叉持刀砍头，却被树神阻挡，月光王只好乞求树神，他说：在此树下，我已舍头九百九十九次，再施此一次，就满千数了。

壁画上一人持刀砍头，一人跪在地上，手中捧着盘子，盘子上盛着三个人头，月

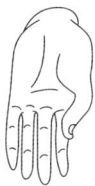

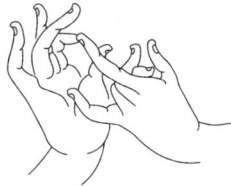

与愿印　　　　　施无畏印　　　　　转法轮印

二七五窟 / 毗楞竭梨王本生 / 佛陀有一世身上被钉千钉

月光王看着自己累世施舍出去的头

光王静坐一旁，看着自己累世施舍出去的头。

北凉工匠在幽暗洞窟图绘经变故事，这些故事由传法者千里迢迢从天竺传入，在暗赫色的墙壁上，用粗拙毫不修饰的线条勾勒出经变人物的肉身，毗楞竭梨王上身裸露，下身围布裙，双脚盘膝趺坐，身披石绿色巾带，持锤的婆罗门左手以钉刺入毗楞竭梨王的胸，右手高举持锤，正要一锤一锤将一千钢钉钉入肉身。

我凝视着毗楞竭梨王的面容，他没有呼痛，没有惊叫，没有蹙眉哀伤，没有怨怼憎恨，他静静微笑着，仿佛要认真体会承当一支一支钉子钉入肉身的愿望，痛的愿望，受苦的愿望，肉身累世累劫修行的愿望，肉身终归梦幻泡影，要还诸天地的愿望。

我站在壁画前，知道自己肉身的痛只是小痛，舍一千次头的痛、钢钉一千次钉入肉身的痛，原始佛教东来，要肉身领悟如此舍去。肉身的痛，画成洞窟里一尊一尊的菩萨。

痛，是肉身修行的开始吗？二七五窟壁画最大的痛是——尸毗王"割肉喂鹰"。

XIV

——尸毗王割肉喂鹰

几劫几世，

都是为这个肉身牵累。

在六道中循环流转，

遍尝种种痛苦，没有福报。

有利于其他的生命，

此时，正是良机，

可以舍此肉身，绝不能懈怠。

舍身

印度《本生经》论述佛陀前世修行,每一世都从"舍身"领悟。累世的"舍身"——舍头、舍肉、在身上钉千钉、燃烧千灯——通过一次一次肉身之痛,最终领悟肉身"梦幻泡影"的本质,那累世的舍弃肉身的故事就记录成一部《本生经》故事,也成为最初石窟壁画"变相图"所依据的文字原典。

敦煌二七五窟北壁的壁画有四个来自《本生经》的舍身故事。

第一个是"毗楞竭梨王"为求佛法,允诺在自己肉身上钉一千个钉子。第二个故事是"月光王"为确实完成肉身布施,在累世劫中舍去一千次的头。

第三个故事是用肉身的油脂"燃千灯"以求佛法,可惜这一段的壁画已破损无存,只看见一个斑驳漫漶的轮廓。

第四个故事也就是一般人最熟悉的尸毗王"割肉喂鹰"的《本

生经》变相图。

二七五窟北壁壁画一排四个舍身经变，居中占据最完整画面的也就是《尸毗王割肉喂鹰》变相图。

尸毗王又作尸毗迦王，梵文音译不一。尸毗王"割肉喂鹰"的故事见于很多原始佛教经典。《金刚经赞》有"割肉济鹰饥"的故事。《大庄严论经》卷十二、《众经撰杂譬喻》卷上、《六度集经》卷一、《大智度论》卷四、《菩萨本生鬘论》卷一等，均有详细的描述，而以《六度集经·菩萨本生》、《菩萨本生鬘论》的情节描述特别富于文学性，刻画人物内心状态极为生动，也就常常成为画家在洞窟图绘壁画的所本。

可以在看壁画同时阅读一下经文原典：

佛告诸比丘：我念往昔无量阿僧祇劫，阎浮提中有大国王，名曰"尸毗"，所都之城号"提婆底"，地唯沃壤，人多丰乐，统领八万四千小国，后妃采女其数二万，太子五百，臣佐一万。王蕴慈行仁恕和平，爱念庶民犹如赤子。

这是当年佛陀给众比丘说的一段故事，谈到了统领八万四千小国的尸毗王，谈到他个性的"仁恕和平"，爱念关心老百姓就像照顾牵挂小孩婴儿一样。

佛陀接着又讲起当时三十三天的帝释天，也就是原始印度教中的天空之王因陀罗（Indra），出现五衰的退堕相貌，知道自己将不久于世间，担心世间佛法已灭，因此面有忧愁之色。

帝释天的近臣毗首天就建议找尸毗王，他说：

今阎浮提有尸毗王，志固精进，乐求佛道，当往归投，必脱是难。

尸毗王的"乐求佛道"使他被推荐为帝释天可以"归投"的继承者。

但是帝释天还有疑虑，就安排了一次"割肉喂鹰"的试探。

若是菩萨，今当试之。

于是帝释天化身为鹰，毗首天化身鸽子。猛鹰叼逐鸽子，鸽子飞奔逃命，惊慌恐惧，就四处躲藏，最后避入尸毗王腋下掌中。

鸽甚惶怖，飞王腋下，求藏避处。

猛鹰于是立在尸毗王面前，对着鸽子，虎视眈眈，忽然对尸毗王发言："这只鸽子是我的食物，我饿急了，愿你还我。"

尸毗王说："我立誓发愿，要救度一切众生。鸽子投靠我，我不能还给你。"

猛鹰却说："大王今者，

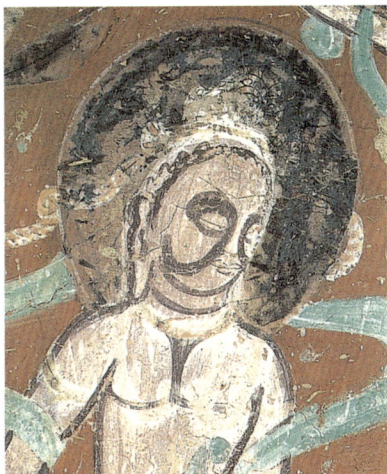

尸毗王右手托鸽

爱念一切。若我断食，命亦不济。"

这是猛鹰给尸毗王的大难题，为了救鸽子，却断了猛鹰赖以维生的食物，猛鹰也无法活命，仍然是一种"杀生"吧！

印度原始佛教对生命的思维其实很曲折委婉，慈悲是在许多肉身存活的矛盾艰难里无止境的对话。

如果尸毗王要做到"爱念一切"，自然不能断绝猛鹰的食物——鸽子。

思考之后，尸毗王问猛鹰："可以吃别的肉吗？"他当下只想到救面前的鸽子，想找替代品。

猛鹰回答："我只吃新鲜带血的肉。"

尸毗王开始了深沉的思考，救鸽子，却使猛鹰饿死，好像也不是道理。如果找其他肉类代替，一样违反"爱念一切"的誓愿。

尸毗王思考完，作了决定，"唯以我身，可能代彼。其余有命，皆自保存。"——只有我自己的肉身可以替换鸽子，其余的，都自己保存生命吧！

印度的思维里有一种谦逊婉转，对于自己的能力也不那样决绝自信到霸气，"其余有命，皆自保存"像是祝愿，也是在天意前的谦卑。

肉身等重

作好了决定，下面就是尸毗王从身上割下肉来救鸽子的画面。

即取利刀，自割股肉，持肉与鹰，贸此鸽命。

画家在幽暗洞窟里细细描绘这段令人惊悚不忍的画面，侍从手中持刀，在尸毗王的腿上割肉。

从身上割下多大一块肉，才能够替换鸽子的生命？

猛鹰说话了：

王为施主，今以身肉，代于鸽者，可秤令足。

猛鹰害怕吃亏，要求尸毗王拿出秤来，替代鸽子，要尸毗王割下身上与鸽子等重的肉。

尸毗王同意了，要侍者拿出秤，两边有秤盘，一边放鸽子，一边放上自己身上等重的肉，"使其均等"，两边要能够等重。

王敕取秤，两头施盘，挂钩中央，使其均等。鸽之与肉，各置一处。

秤拿来了，两头有盘子，一边放上鸽子，盘子承重，低沉下来，侍者从尸毗王腿股上割下的肉，放上秤另一端的盘子。

壁画描绘了蹲跪在地上的侍者，正在尸毗王腿上割肉。可是，盘子没有动，鸽子一端的盘子始终低垂，尸毗王割下的肉一块一块加上去，秤依然不动。

"股肉割尽，鸽身尚低。以至臂肋，身肉都无。比其鸽形，

侍从在尸毗王腿上割肉。

轻犹未等。"这是敦煌壁画的画面难以表达的一段，却是原始经典里最动人的文字叙述。

尸毗王腿股上的肉都割完了，秤两端仍没有等重。于是尸毗王开始割手臂上的肉，割肋骨上的肉，割到"身肉都无"，没有肉可割了，结果秤上尸毗王的肉还是比鸽子轻。

原始佛教的誓愿是要深重到以全部肉身性命相还报的吗？

尸毗王似乎终于领悟，他的全部肉身其实与鸽子等重，秤上的两端，不是肉的重量，而是生命的重量。

王自举身，欲上秤盘，力不相接，失足堕地，闷绝无觉。

尸毗王于是爬起来，要全身攀上秤的承盘。但是血肉尽失，没有气力，从盘上坠落地下，昏厥休克，失去了知觉。

生命要在面对肉身绝境时才有了知觉上的转机吧！尸毗王苏醒后，"以勇猛力，自责其心"，刹那间猛然领悟，原来肉身还有这么多贪婪计较。

下面的句子是尸毗王的自责，也是经典里使我不断反复诵念的句子：

旷大劫来，我为身累。循环六趣，备萦万苦。未念为福，利及有情。今正是时，何懈怠耶！

几劫几世，都是为这个肉身牵累。在六道中循环流转，遍尝种种痛苦，没有福报。有利于其他的生命，此时，正是良机，可以舍此肉身，绝不能懈怠了。

司秤提秤，右侧为鸽。

司秤提秤，左侧为尸毗王。

尔时，大王作是念已，自强起立，置身盘上，心生喜足，得未曾有。

尸毗王心生一念，终于站了起来，端坐秤盘上。心里从来没有如此喜悦满足。

是时，大地六种震动，诸天宫殿，皆悉倾摇。色界诸天，住空称赞。见此菩萨，难行苦行，各各悲感，泪下如雨。复雨天华，而伸供养。

生命的誓愿完成是要使大地起六种震动的，天上有朵朵的花坠落，供养人天。

二七五窟的壁画《尸毗王割肉喂鹰》有两个画面，左侧是尸毗王端坐，让侍者在腿上割肉，右侧是侍者手持秤，尸毗王和鸽子各在一端盘上。画面上方有一排身形朴拙的 V 字形飞天，飞在空中，正在扬手，撒下一朵一朵的鲜花。

经文最后猛鹰现出帝释天原形，询问尸毗王："王今此身，痛彻骨髓，宁有悔不？"——肉身痛入骨髓，会后悔吗？

尸毗王回答："弗也！"

"弗"、"佛"一音之转，"佛"便是人的肉身舍去吧。

看敦煌早期石窟壁画，常常惊讶，原始佛教传入东土，最早在民间流传的故事，竟然是如此惨烈怖厉的传奇。围绕着人的肉身说法，修行竟然是一次一次布施自己的头，自己的油脂，自己肉身的痛，一片一片从身体上割下肉来，放上秤，以求救下一只

尸毗王本生全图

微小轻盈的鸽子，以求喂饱一只要吃带血的肉的老鹰。

秤上，尸毗王身上一片一片割下的肉，不断添加上去，却无法压过鸽子的重量，无法等重，逼到无肉可割的尸毗王全身飞扑上秤。

初读这些故事，我无法理解，却无缘由地热泪盈眶。

修行如此艰难吗？修行一定要以肉身的剧痛作领悟的代价吗？

一个一个疑问浮现在我脑海，而这些疑问会不会也是 1500 年前深受儒家生命哲学影响的百姓心中也曾经难以释怀的问题？

儒家是避讳谈死亡的，"未知生，焉知死"，把思维的重心完全放在"生"的价值的民族，缺少了"死亡"议题的探讨，也常常缺少了面对"死亡"的经验记忆。

"孔曰成仁，孟曰取义"，儒家的"成仁""取义"也是死亡意义的论辩，但是是特殊情境下（例如亡国）的死亡议题，无法给常民大众更多自身"死亡"的思考。

"死亡"其实是非常个人的事，存在主义哲人沙特即认为，每一个人都必然孤独面对死亡，死亡的时刻连最亲近的人都无法分担。

在敦煌石窟壁画中，不止有北凉第二七五窟，以尸毗王的故事为内容。北魏二五四窟也画得极为精彩，并且增加了尸毗王割肉时，抱住他膝盖痛哭惊慌的后妃，增强了戏剧性的张力。隋代第三〇二窟，五代第一〇八、七二窟也一直有"割肉喂鹰"的变相图壁画，北凉、北魏的第二七五窟、第二五四窟艺术性特别强烈。

隋唐以后，原始印度舍身经变故事逐渐被倾向理性的思维取代，激情与悲愿的壁画内容也逐渐沾染人世气息，以歌颂美好生活为主，肉身死亡的悲愿与激情主题渐渐褪淡消失了。

二五四窟／尸毗王本生全图／后妃紧抱膝盖，痛哭惊慌。

XVI

萨埵那太子舍身饲虎

肉身升降浮沉，
紫蓝赤赭郁暗的天地山川，
仿佛在混沌未开的
时间与空间里，
肉身对自己的存在
还如此茫然。

麻线鞋

在敦煌的市集看到一种用麻线编的鞋，很像古画里西行求法的僧侣脚上穿的。下面是好几层旧布料和纸片，用糨糊粘成厚鞋底，手工缝衲的粗麻线线脚，结结实实，看起来有可以行万里路的牢靠。鞋帮和鞋头也是用几层的厚布裁制，鞋面两侧却是用软麻线牵成，像今日的透空凉鞋，都是缝隙。我拿在手中，看了很久，这鞋的样式太熟悉了，敦煌洞窟壁画供养人像里，僧侣脚上都有一双这种样式的鞋，画中玄奘大师身背行囊，脚上也有一双。看起来只是旧布料旧纸片缝制，拿在手中也很轻，却难以想象西行求法者穿着这样的鞋，踏过漫漫长途，千里迢迢，走去了天竺。护持着求法者誓愿深重的一双脚，这鞋，握在手中，仿佛有了不同的分量。廉价、结实，不是糊弄观光客的粗糙工艺，当地庶民百姓日常生活的必需品，每天要穿着行走，坏了就要换，才会如此平价而扎实吧。我买了几双，第二天清晨就穿上这鞋上鸣沙山。

鞋子穿在脚上，踏在沙里，才发现它传承上千年的价值。

鞋底入沙，不滞碍、不滑溜，仿佛是沙的一部分。脚抬起时，沙粒即从两边透空缝隙滑出，脚趾干干净净，不沾黏沙尘，轻盈柔软，通风透凉，这样的鞋，是可以走过这八月烈日下40公里长的鸣沙山了。

唐玄奘西天取经图

鸣沙山下有月牙泉，在金色起伏的沙丘间，一汪碧绿透亮的泉水。弯弯的月牙，搭配着沙丘优美的弧线，像是古老阿拉伯湛蓝夜空里的新月，安静、纤细、纯粹，是每个夜晚一千零一夜故事的开始。"沙不涸泉，泉不掩沙"，上千年来往过的人都留下了对这奇迹风景的描写。如同佛弟子合十微笑，听了一段梵音经文，除了欢喜赞叹，好像没有多余的言语。这样干净的沙，这样干净的泉水，这样干净的僧侣穿着踏过沙丘和泉水的麻线鞋，使我觉得脚趾和步履都一样洁净了起来。

走到沙丘高处，远眺月牙泉。游客远了，言语笑声远了，可以听到风中鸣沙，很细微的叮咛，像一种颂赞，也像心事独白，脑海浮起敦煌二五四窟里刚刚看过的萨埵那太子舍身饲虎的壁画。

舍身

敦煌北朝的洞窟壁画没有后来唐代壁画的华丽曼妙，刚刚传入中土的古印度绘画技法，和毛笔书法式的流畅线条非常不一样。这些北凉北魏时期的壁画，使人感觉到悲愿激情交缠的宗教舍身情绪，色彩浓烈奔放，笔触粗犷，造型庄严浑朴。二五四窟的萨埵那太子《舍身饲虎》是北魏壁画的杰作，一点也不逊色于欧洲文艺复兴米开朗琪罗西斯汀教堂的《最后审判》。两者都以肉身的堕落与流转为主题，肉身升降浮沉，紫蓝赤赭郁暗的天地山川，仿佛在混沌未开的时间与空间里，肉身对自己的存在还如此茫然。

发愿、坠落、舍身，萨埵那太子和米开朗琪罗笔下《最后审判》的肉身救赎一样，深沉思索生命本质的难题——肉身如何觉醒？以绘画的形式展现哲学命题，两者都是旷世巨作，只是敦煌北魏壁画的工匠没有留下姓名，早米开朗琦罗一千年，在幽暗洞窟深处，一样是度化开示众生的伟大图像。

米开朗琪罗依据使徒约翰《启示录》画成《最后审判》，阐述基督信仰的肉身救赎。敦煌北魏画工依据当时刚刚译成汉文不

敦煌石窟壁画中的供养人像

久的《金光明经》，以佛陀本生故事解说肉身舍去的深沉命题，两者有非常类似的美学质量。

金光明经

《金光明经》在北凉时代经中天竺的法师昙无谶译成汉文，很快在民间流行，成为佛教说法布道的重要经典，也成为画工依据创作洞窟壁画的故事模板。昙无谶活跃在四世纪末至五世纪初，从印度到罽宾、鄯善、龟兹，大概跑过了古丝路今日克什米尔、阿富汗、克孜尔、楼兰一带，一直穿过河西走廊，到了敦煌。北凉的皇帝沮渠蒙逊很看重他，奉为国师，使他译经，但似乎更看重的是他通咒语法术的神奇能力。当时的人以为昙无谶可以"使鬼治病，妇人多子"。后来昙无谶声名远播，连北魏的世祖拓跋焘也依仗国势强盛向沮渠蒙逊要人，蒙逊以为昙无谶私通外国，也惧怕他为他人所用，就谋害了昙无谶。昙无谶死时才 48 岁。

北朝初期传佛法的印度僧侣生平都像神秘传奇，像鸠摩罗什，像昙

鸠摩罗什像

无谶，在丝路漫漫黄沙长途间流浪，从一个国度到另一个国度，出入于世间尘俗欲望与佛法之间，昙无谶在鄯善国因为私通公主而出亡，罗什最后被吕光逼着成婚，强纳十名女伎，淫、酒毁戒。据说他曾经当众僧面前吞食一钵钢针，表明自己未离佛法。

他们来世间是为了传法，而他们肉身最终都不能守世间的戒律，牵连在复杂情欲与政治的瓜葛中，罗什与无谶都不是以外在世俗规范证道的高僧，然而他们译出的经文美极了，尤其是罗什，译文可以传诵至今，比美汉文里最优美的诗赋。读他译的《金刚经》，可以把哲学论述的繁难译成单纯诗句的格律，仿佛读诗，不觉得是在理解宗教经典，令人叹为观止。昙无谶约比罗什晚20年，他的译笔从《金光明经》来看，继承了罗什的风格，兼具叙事与偈颂的交错，汉译文义与梵音咒语同时并存，创造了独特的文体。今日东亚一带信众读《心经》"观自在菩萨行深般若波罗蜜多"时，依然是汉译与梵音并存，使文字的阅读介于理解与声音聆听之间。或许当时信众不完全是汉族，古丝路一带，诸多种族杂处，罗什、无谶本身都来自印度，又经历各个不同语言地区，因此保留了语言的多样性。广大信众，识字者不多，经文多由僧侣宣讲解读，因此昙无谶的《金光明经》中大量使用四字一句的韵文偈颂，如《鬼神品第十三》，以长达400多句的四字韵文唱诵。当时僧侣为信众高声念诵，语言铿锵，叠字叠韵。"是身不坚，如水上沫，是身不净，多诸虫尸。是身可恶，筋缠血涂，皮骨髓脑，共相牵连"，萨埵那太子舍身前的独白，如歌如诉，信众聆听，来自僧侣肺腑呼吸，肉身共鸣，或许比文字的阅读更有感染力量。《金光明经》一共十九品，其中《功德天品第八》完全以汉字音译灌顶咒语，如果只通汉语，其实无法理解内容，是最纯粹的声音赞颂。无谶似乎比罗什更接近咒语的神秘信仰，当时他也的确有"大咒师"的称号。

《金光明经》当时在民间广为流传的是其中《流水长者子品第十六》和《舍身品第十七》，都是佛陀在王舍城为弟子追忆自己往昔前世的两段故事。经中说的是"往昔因缘"，我们的肉身，有一天或许都将是"往昔因缘"吧。

"流水长者子"是看到池水干涸，上万条鱼将死，流水长者子发愿以 20 头大象载水，济度鱼群。

舍身品

《舍身品》叙述的就是萨埵那太子舍身饲虎的故事，叙事情节如同小说，引人入胜，成为北朝当时最普遍流传的绘画主题。故事说国王罗陀有三名太子，大太子波纳罗，二太子提婆，三太子就是萨埵那（也译为萨埵）。三人到园林游戏，偶遇一虎生产，生下 7 只小虎，因为没有食物吃，无法哺乳，"饥饿穷瘁，身体羸瘦，命将欲绝"，母虎与 7 只小虎都即将饿死。大太子波纳罗告诉萨埵那说："此虎唯食新热血肉——""新热血肉"使人想起割肉喂鹰的尸毗王，古印度的舍身都从这么真实的"新热血肉"开始，而这四个字似乎不常见于儒家经典，当时初译为汉文，不知对汉族的知识分子是否有极大震撼。

面对一群饿虎，有人愿意把肉身给虎吃吗？大太子波纳罗说："一切难舍，不过己身。"一切最难舍弃的不过就是自己的肉身吧！这是大太子的当下领悟。二太子接着说："以贪惜故，于此身命，不能放舍！"是的，我们对自己的肉身都有这么多贪惜，看到其他生命受苦，自己有悲悯，却无法放舍。《舍身品》用了极特殊的叙事方式忽然转入三太子萨埵那的发愿——"我今舍身，时已到矣——"

我们其实很难理解萨埵那舍身的动机与逻辑，对汉族儒家教育而言，人与虎是对立的，只有"武松打虎"，却绝无人舍弃肉身救虎的可能。

故事宣讲至此，广大信众起了好奇。为什么？为何一个养尊处优的皇室少年，萌生了用自己的肉身喂给老虎吃的念头。经文里也有"何以故？"三个字的问句。听讲大众都在等着答案。

萨埵那的思考不是从悲悯老虎开始，他想的是自己的肉身处境："处之屋宅，又复供给衣服、饮食、卧具、医药、象马、车乘、随时将养，令无所乏，我不知恩，反生怨害，然复不免无常败坏，是身不坚，无所利益，可恶如贼——""若舍此身，即舍无量痈蛆、癞疾，百千怖畏——"他有了对自己不坚固的肉身最彻底的反省——"是身不坚，如水上沫，是身不净，多诸虫尸。是身可恶，筋缠血涂，皮骨髓脑，共相牵连——"

那个敦煌二五四窟壁画的画工也在现场聆听故事宣讲吧，他也想到了自己的肉身，这么多忧愁烦恼，筋缠血涂，皮骨髓脑，这个不坚固也不干净的肉身究竟要做什么？

还至虎所，脱身衣裳，置竹枝上——

萨埵那怕哥哥们阻止，支遣他们离开，回到老虎陷身的悬崖，脱去衣服，放在竹枝上。画师听着僧侣宣讲，构思他的画面了。

他开始在空白的墙壁上勾勒出轮廓，萨埵那跪在地上，高举左臂，右手当胸，发了舍身的大誓愿。经文的描述有很多细节，萨埵那在要跳下悬崖之前，忽然想到老虎已经多日没有食物，身体羸瘦，已经没有力气行走，即使跳下悬崖，它们也无法前来吃他，萨埵那因此想了一个办法，用干竹枝刺断颈脉，让血流出，方便老虎舐血，恢复体力，再啖食骨肉。

这是经文最耸人听闻的一段吧，画师眼中有了热泪，他或许陷入沉思——"原来舍身是要有如此勇猛的誓愿啊！"画师在空白墙壁上勾勒了第一个萨埵那的形象"即以干竹刺颈出血，于高山上，投身虎前，是时，大地六种震动——"，壁画中萨埵那右手正以竹刺颈，高举的左手，连接着第二个向悬崖跳下的动作。

据说那时洞窟里幽暗，洞口外的光照不进来，画工有时用蜡

二五四窟／萨埵那太子刺颈、跳崖。

烛火炬照明，也有时洞窟深处，氧气不足，无法燃火，又怕烛火熏黑墙壁，便用小镜片折射户外的光，墙壁上闪烁一片镜光，画工在这一片光里画画。

萨埵那双手合十，纵身向下跳，他的姿态像今日跳水台上的选手，少年的身体赤裸，手臂上有手镯，原来肉身的粉红，年代久远，变成暗赭色，轮廓的线条也氧化成粗黑，好像这身体要在空中经历时间劫难，斑驳漫漶，一点一点消逝泯灭，然而在终归梦幻泡影之前，还有最后的坚持，停格成墙壁上一片不肯消失的痕迹。

画工用停格分镜的方法处理了萨埵那连续的3个动作——"发愿刺颈"、"纵身投崖"、"舍身饲虎"。

时间的停格仿佛大地6种震动，萨埵那肉身背后是石绿色和赭红的起伏山川大地。

时间与空间混沌渺茫，赤裸的肉身自无数无边无量劫来，要在此时此地与自己相认了。

亚洲的石窟艺术在公元5世纪前后的成就是世界美术史的最高峰，然而这些无名无姓的画工，留在幽暗石窟里的辉煌作品，或许只是他们以身证道的一种修行吧！

他们其实是无数个萨埵那，肉身横躺在永恒的时间里，让虎前来啖食，"骸骨发爪，布散狼藉，流血处处"。近年敦煌石窟清理出当年画工的居所，是比他们创作壁画的洞窟还要窄小的石洞，晚间，工作一日的疲惫身体，就窝在那仅可屈膝容身、石棺

萨埵那太子以身饲虎

大小的洞中睡眠，然而或许他们羸瘦的面容在睡梦中是有饱满的笑容的吧。

萨埵那最后的一个停格是横躺在大地上，一头母虎在啖食腰部，两头幼虎在啃食大腿。舍身者的身体像优美舞姿，一手后伸，仰面向天，完全像米开朗琪罗"圣母抱耶稣尸体"雕像横躺在圣母怀中的基督。紫蓝、石绿、赤赭，斑斓华丽。经文里说萨埵那母亲在梦中感应到太子舍身，她在梦中"两乳汁出、一切肢节、痛如针刺""双乳被割，牙齿堕落"，印度初传中土的文学如此情感浓烈，如同当时壁画，灿烂浓郁，爱恨纠结缠缚，肉身的省悟都在当下，没有推脱。

《金光明经》用了长篇偈颂重唱整篇故事，把原来叙事的情节整理成诗的咏叹。

敦煌石窟像一幕一幕未完的"往昔因缘"，天花缭乱。因为长途颠簸，肉身疼痛，夜晚难眠，在旅店休息，脱去脚上穿了一天的麻线鞋，在床边静坐，呼吸调息。脑海浮现萨埵那连续的发愿、跳崖、舍身。浮现萨埵那赤裸的脚，面前并排整齐放置的一双鞋，忽然仿佛似曾相识，也是不可知的往昔因缘吗？

北魏时期完成的第二五四号窟壁画为敦煌石窟的杰作之一

二五四窟／萨埵那太子舍身饲虎全图[1]

---

1 二五四号窟的画师采用向心式的绘画结构，以组合画方式，突显出一个核心情节，其他情节则穿插在四周，与核心画面有着一定的关联性。这样的叙事结构创造出一种全新的绘画景观。在"萨埵那太子舍身饲虎"中，画面以母虎吞食太子为核心，萨埵那太子刺颈、跳崖动作有如连环漫画，肢体延伸、弯曲流露出庄严的宗教气息。全图结构严谨，叙事流畅，以暗茶色为基调，配以青、绿、灰、白色，色彩浓烈奔放，笔触粗犷，造型浑朴，烘托出肃穆气氛，以悲壮之美述说一个残忍的舍身故事，突显出本生故事中欲强调的宗教精神体悟。——编者注

这本书的集结有比较长的因缘——

2000 千禧年，我开始发表一系列有关人体美术的文字。

其实，思考这个问题可能更早。19 世纪 80 年代，我在台大城乡所授课，整理了"中国美术史刍论"，其中一章，提出了中国上古美术史"人的缺席"的问题。也同时比较了古代埃及、印度、希腊这几个古文明的美术作品对待身体的不同态度。

美，或许并不是一个孤立的现象。

每一个文明竖立起来的人体雕像，其实是他们思考自己肉身存在价值的结果。

古代埃及人，并不是为了"艺术"制作雕像。他们的"雕像"是肉身的延续。

因为肉身会腐烂朽坏，所以用坚硬的花岗岩雕成人像，代替肉身，成为不朽。

中国古代的"俑"，也不是为了艺术的目的做的，"俑"都是活人陪葬的肉身替代品。

成千上万的"俑"，埋在深暗的陵墓里。他们不是艺术品，也不是为了给人观赏。

他们是在阴灵的另一个世界供主人驱遣的奴隶、仆从、兵士、百官、姬妾的肉身。

因为盗墓，因为考古发掘，这些肉身才被看见了，放在博物馆，成为"艺术品"。

千禧年，陆续发表的围绕肉身美学的文字，除了埃及、希腊、印度，也加进了两河流域、基督教中古欧洲，以及中国魏晋时期的人体美学思考。

一系列写了十余篇，因为懒散，也没有继续写下去。

一晃十年，2010 年底，急性心肌梗死，送台大急诊，在加护病房住了几天，接着，因为心脏缺氧时肌肉局部坏死，2011 年，做了长达半年的复健。

在医院，思考肉身，当然有了与美术史角度不一样的反省。

赶到急诊室的嘉哲、佳君，丢下嘉义演讲赶回台北的怀民，一直在病床边陪伴的罗斌，都与我有宿世的肉身缘分吧。

出院之后悔之、恩仁、思敏，都常来看我。谈起肉身受苦，各人都有各自的经验。

同时知道惠美、旭原也恰好正在亲人肉身旁做他们要做的功课。

教我用电脑的圣哲，多年不见，多了两个女儿，他竟也经历了骨肉之痛的一些熬煎。

也许是一些看不到的缘分，使我们聚在一起，交换了各自做肉身功课时的心事吧。

我复健结束，因此又陆续拾起了丢下多年的关于肉身美学的书写。

角度转到中国敦煌石窟壁画里有关舍身的故事。配合古老的经文，我重新记忆起在幽暗洞窟里看到的尸毗王，端正坐着，为了救一只鸽子，把身上的肉，一片一片割下来，喂给老鹰吃。还有萨埵那太子，从悬崖投身跃下，粉身碎骨，把肉身喂给饥饿的老虎吃。

肉身的觉醒，写到这里，会不会是一个句点？我不知道。

在急诊室，上了麻药，做心导管手术，导管插入动脉，我痛到惊叫一声，我听到医生说："好了，最痛就这么痛。"

那年轻的医生叫林彦宏，我病愈去看他，连感谢的话也没有说，肉身的缘分，或许心中默默记着吧。他忙着为人治病，也不会看到这篇后记。

我却一直记得他安慰我的话——最痛，就这么痛了。

这么平实的一句话，却或许使在受苦中惊慌恐惧的肉身有了安定的力量。

因此，这本书或许是一本感恩的书，感谢许许多多相识或不相识的有肉身缘分的人。

煜帏安安静静处理文稿编辑的一封封信件，正寰策划出版通路的费心，也都在此一并感谢。

此时此刻，肉身还在，还有牵挂不舍，就还是要回到人间，要——还报肉身的缘分。

2011 年 9 月 15 日中秋后三日

蒋勋记于八里淡水河边

摄影师简介及插图说明

谢旺霖

现就读政大台文所博士班，因 2004 年云门舞集"流浪者计划"而前往西藏单车之旅，所写成的《转山》成为新世代文学与人生追求的代表作品。

本书中之画作、书法皆为蒋勋作品。

除注为摄影者之作品外，其余视觉影像由有鹿文化、杨智明、王潭深等多人摄影或提供。